KB260396

오래된 풍경이 있는 풍경

오래된 풍경이 있는 풍경
강남시문학회 사화집 제10호

초판 인쇄 | 2009년 11월 20일
초판 발행 | 2009년 11월 25일

지은이 | 배경숙 외
펴낸이 | 신현운
펴는곳 | 연인M&B
디자인 | 이희정
기 획 | 여인화
등 록 | 2000년 3월 7일 제2-3037호
주 소 | 143-874 서울특별시 광진구 자양동 (680-25호(2층)
전 화 | (02)455-3987   팩스 | (02)3437-5975
홈주소 | www.yeoninmb.co.kr
이메일 | yeonin7@hanmail.net

값 10,000원

ⓒ 강남시문학회 2009 Printed in Korea

ISBN 978-89-6253-040-7 03810

강남시문학회 사화집 제 10호

오래된 풍경이 있는 풍경

배경숙 외 지음

연인 M&B

『오래된 풍경이 있는 풍경』 제10호 사화집을 내며

가을이 깊어갑니다. 한여름의 그 뜨거움으로 하여 이토록 아름답게 물드는 가을이 있으리라 생각합니다. 유난히 높은 하늘 또한 눈이 부시도록 아름다운 가을을 만들어 주고 있습니다. 자연의 선물을 바라보며 우리네 사람들은 과연 어떻게 살아가고 있는지에 대한 반성도 함께하는 계절이기도 합니다.

강남시문학회가 어느덧 10주년이 되었습니다. 척박한 이 세상에 뿌린 문학이라는 작은 씨앗이 싹을 틔우고 꽃을 피우고 열매를 맺고 한 지 10년, 지나온 날들의 의미가 어느 해보다 더 값진 보람으로 느끼게 되는 것은 아마도 나름, 때론 가슴 아프거나 쓰리기도 했고, 또 눈물 나거나 혹은 아름답거나 했던 시간들과 함께할 수 있어 그럴 것입니다. 특히 매 회 새로운 주제시와 산문들을 준비하느라 힘들기도 했지만 뒤돌아보니 적어도 절반의 수확은 있었다고 스스로 진단해 보며 위안도 해 봅니다.

제10호 사화집 『오래된 풍경이 있는 풍경』이 나옵니다. 그 풍경이 정말 우리 문학회가 꿈꾸는 그런 풍경으로 많은 분들과 소통하며 함께할 수 있었으면 좋겠습니다. 아울러 세상 어디에서도 의미 있는, 아주 오래 기억될 그런 풍경으로 남아주길 기원해 봅니다. 늘 함께해 주신 독자들과 그동안 도움 주셨던 많은 손길들에게 감사와 고마움을 가슴 깊이 전해 드립니다.

2009년 가을날
강남시문학회
회장 배경숙

방지원

- 옷걸이
- 촛불
- 차 한 잔

〈산문〉
- 詩가 흐르는 서울

옷걸이

그의 옷걸이엔
늘 겨울 점퍼가 걸려 있다
여름에도 다스리지 못하는 한기
계절을 다독이는
묵직하고 포근한 품을
미처 빠져나오지 못한
팔 한짝 그 틈새로
바삐 걸어놓은 옷 주인의
던져진 시간들이 잠시 여유를 찾는다
수많은 세상의 체취와 표정이 얹히는
말간 눈의 키가 큰 다리 아픈 하루

자주 편히
옷을 벗고 쉬시오

급히 달려 나간 허한 향기 안에서
그의 행방을 가늠한다

촛불

몸을 살라
하늘에 집을 지었는가
소리 없는 날개 훨훨
끝내 심지를 놓쳐버린
새벽 하얀 장독대의 기도
작은 불꽃의 힘겨운 몸짓을
허공은 외면했다
그날은 해가 뜨지 않았다
산이 울울 솟아오르고
바다는 마구 넓어졌다

더 높이 더 멀리
팔랑팔랑 작은 깃털 한 개
성난 우주를 배회한다
시간은 때때로 빠르게
혹은 느리게 흘러
말없는 바다에 닿는다
스멀스멀
사위어진 것들의 기억을
바람은 가끔씩 가져다 놓는다

차 한 잔

바람 우려낸 찻잔에
빛깔 다른 앙금으로 가라앉는 하늘

다독여 익히는 들숨은
어느새 어머니를 닮았네

기억하는가
온몸에 향기를 바르고
버선발로 달려온 함박웃음과
훌쩍 돌아서던 키 큰 옷자락들을

건너가고 건너오던 가슴을
천천히 빨리 삼켜버린 시간들

차 한 잔 하실래요?
접어둔 몇몇의 이름을 휘저어
오색풍선으로 띄워 보내는
쌉쌀한 중독

詩가 흐르는 서울

울산 둘째딸 집에 머물며 외손자와 숙제문제로 입씨름을 하고 있을 때 전화를 받았다. 세종문화회관이라는데 서울시 주최 '詩가 흐르는 서울' 시 낭송 행사에 참석해 자작시를 낭송했으면 좋겠다는 담당자 전화였다.

울산에 내려간 후로 시 한 편 제대로 못 쓰고 책 한 권을 읽으려면 며칠이 걸리는 상황이었는데 그것은 뜻밖의 신선한 충격이어서 기다렸다는 듯 선뜻 대답은 해놓고, 속으로는 내용도 잘 모르면서 너무 쉽게 대답을 한 것 아닌가 하는 어리석은 생각이 슬며시 들기도 했다.

둘째딸 집의 중국인 입주가정부가 계약기간 만료로 귀국했다가 다시 비자를 받아 한국에 나오는 기간이 오래 걸리는 바람에 내가 급히 내려갔는데 물론 시간제 도우미가 오기는 하지만, 나는 그 집에 아주 편리한 전일제 도우미가 된 셈이었다.

모든 레이더를 끄고, 몇 달을 지내다 보니 '서울' 하면 아주 까마득히 멀고, 나와는 상관없는 곳처럼 느껴졌는데, 이는 잠시 울산을 탈출할 수 있는 절호의 기회가 아닌가.

2009년 9월 5일 토요일 18시 '시의 섬 선유도, '시민과 함께하는, 詩가 살아 있는 공간'에 출연하기 위해 상경했다.

전날 오전 10시 40분 서울행 비행기를 탔다. 그날 아침 날씨는 매우 화창했다. 창밖의 풍경은 유달리 아름답고 눈부셔서 공연히 가슴이 설레고 강한 속박에서 풀려난 듯 몸이 가볍고 어깨가 으쓱 올라가는 자유로움이 비행기의 속도 이상이었다.

그런데 김포에 도착한다는 기내방송이 들리는 순간 이렇게 가벼운 마음과는 달리 그날부터 힘들어할 둘째딸 생각에 마음이 어두워지는 건 어쩔 수가 없었다.

시 낭송하는 날, 선유도 원형극장 야외무대로 향했다. 주최 측에서 가르쳐준 대로 당산역에서 택시를 타고 양화대교 중간 선유도공원 입구에서 내려 어렵게 원형극장을 찾아갔다. 안내표지도 안 보이고 토요일이라 그런지 사람들은 많은데 물어도 아무도 모른단다. 음악소리 들리는 곳을 향해 들어오라는 실무자의 말대로 땀을 흘리며 서둘러 갔다. 충분한 시간을 두고 출발했는데도 찾기가 어려워 곳곳에 아름답게 잘 꾸며놓은 공원을 둘러볼 시간도 없어서 안타까웠다.

드디어 목적지에 도착, 그런데 조금 실망했다. 선유도 크기에 비해 야외무대는 얼마나 조그만지… 둥그런 돌계단 좌석도 얼마 안 되고, 저 아래의 회벽 시멘트 무대도 그렇고… 시민들이, 그리고 동인들과 친구들이 곧 올 텐데 하면서 순간, 시인들 일상의 모습까지 너무 초라하게 보이는 건 아닐까 하는 속 좁은 생각도 했다.

하지만 그것도 잠시 무대를 둘러보니 오랜 시간 전부터 실무자들은 바삐 움직이고 있었다. 그랜드 피아노가 놓이고, 성악가들이 연주복을 입고 진지하게 연습하는 모습을 보니 갑자기 긴장이 되었다. 연출자는 오랫동안 이 시 읽기 행사를 진행하다가 위에서 떨어져 다리에 깁스를 했다 푼 상태였는데 예후가 안 좋아서 다시 수술을 해야 할지도 모른다고 벌정다리로 절룩인다. 여러 사람들이 시민들의 가슴에 시가 흐르게 하려고 오랫동안 애를 쓰고 있었다.

행사 프로그램을 보았다. 그런데 이 행사가 올해 6월부터 시작되었으며 그동안 훌륭하신 선배님들의 무대였음을 알게 되었고 앞으로 10월까지의 계획표에도 고명하신 시인들의 출연 스케줄이 나와 있음을 보고 적잖이 놀랐다. 작은 무대지만 이렇게 훌륭하신 선배님들의 시 낭송이 있는데 무대가 조그맣다고 생각한 나는 어쩜 이렇게 생각이 모자랄까 하는 자책감에 얼굴이 오랫동안 붉었다.

초청해 주신 분들께 감사하고 황송해야 할 것을…….

바쁘다는 핑계로 정보에 어둡고, 부지런하게 시작활동을 하지 않는 나는 아직도 먼 길에 서있음을 깨달았다.

그날 출연할 시인은 나와 남자 시인 한 분, 그렇게 두 명이었다. 각자 마이크 테스트를 받았다. 그 시인은 안면이 있고 이름도 알고 있는 분이어서 반가웠다. 함께 온 그분의 부인도 시인의 분위기를 가진 분이었다.

시 낭송 2분, 해설은 8분 동안에 맞추어 진행하라 한다. 해설을 8분에 꼭 맞추어 하는 것은 참 어려운 일이라 생각했지만 시계를 보아가며 연습했다.

작고 아담한 야외 원형극장이 꼭 그리스, 터키 여행 때 보았던 그곳 같았다. 그때는 그곳에서 노래나 시 낭송을 해 보았으면 했는데 그 소원이 오늘 이루어지게 되었다는 말을 낭송 전 멘트로 했다.

시간이 되니 시민들이 모여들고 친구들과 동인들, 아들과 큰딸이 참석했다. 나는 자작시 '달에서 춤을' 을 낭송했고 시를 쓰게 된 동기와 그 시의 해설을 간단히 했다. 친구들도 시민들도 진지하게 시 낭송과 해설을 들어주었다. 그런데 시 낭송 끝나고 해설을 시작해서 어느 정도 시간이 흐르자 몇몇 시민들이 자리를 뜬다. 어쩌나 너무 해설이 길었을까, 길면 연출자가 사인을 준다했는데 힐끗 쳐다봐도 손가락으로 그냥 동그라미만 그린다.

잘했다는 친구들과 동인들의 정겨운 찬사를 들으며 행사를 끝냈지만 과연 나는 '시의 섬 선유도'와 서울시민들 가슴에 얼마큼이나 시를 흐르게 했을까 하는 의문과 두려움으로 그날 밤잠을 설쳤다.

시인이라 하면 순수하고, 아름다운 긴 속눈썹을 가진, 꿈을 꾸는 사람들이라 생각하는 친구들과, 번정다리 연출가, 키가 크고 예쁜 사회자, 튼실한 카메라맨, 검정 연주복의 수준 높은 성악가들과, 그 무대 위에 섰던 조그만 나를 생각하면서.

배경숙

오래된 풍경이 있는 풍경

내 인생에 더 이상 흥미로운 것이라곤 없다
나는 이미 오래전에
병든 이파리 같은 지상의 남루
너절한 허물 따위 날려버린 지 오래다
떠돌던 바람이 귀를 빠끔히 열고 가끔씩
냉기를 내 안으로 끌고 들어왔으나
이내 허옇게 질려서 돌아나간다
반쯤 덮인 시멘트 뚜껑엔 오래된 이끼와 흙먼지가
꺼멓게 썩기도 하고 더러는 한세상 표백할
파란 새움으로 돋아 생기를 뿜어내기도 한다
나는 잊혀진 왕족처럼
적막한 고독과 삶의 녹슨 품위를 기억하지만
무채색의 따뜻함이 만월처럼 차오르고
스미는 것들의 저 아름다운 불시착을 본다
반대편으로 멀리까지 뚫고나간 웅덩이는
시냇물을 자꾸만 제 목숨 안으로 끌어들일 것이다
하늘이 깜깜한 우물 한쪽을 비집고
자신의 몸 어딘가에서 손발을 끄집어내고는
절벽 같은 삶의 안쪽을 망연히 들여다보고 있으리라
허방을 부여잡은
깜깜한 몸통 속에 해를 넘긴 울음 한 자락이
늙은 개처럼 헐떡거리며 서쪽 하늘로 사라져간다

껍데기의 춤

팔월이 한가롭게 기우는 며칠 전부터
4층 아파트 방충망에 매미 한 마리 달라붙어
때늦게 목청이 끊어져라 울어댔다
아무리 생각해도 그 울음 안간힘이다 했더니
어느새 껍데기만 남아 바람에 매달려 있다
삶도 단지 저렇게 빠져나갈 뿐인지
아니면 어딘가에서 또 맹렬히 울어대는 것인지
그 정도로 운명과 협상하지는 않을 것처럼
헛것이 아직도 아득바득 철망을 붙잡고 있으니
창틀에 스며들 리 없는 죽음의 공포가
몇 번이고 산 채로 등이 터지는
아픔 뒤의 절망을 겪는 것이겠지
울음의 끝없는 절규란 것
한때의 생이 저렇듯 껍데기일 수도 있다는 거겠지
마른 육신을 이중창의 방충망에 걸어놓은
등이 찢어진 매미 껍데기
고립으로 향해가는 슬픈 몸뚱이로
이제 배롱꽃보다 붉디붉은
인간의 불륜 따위를 넘겨보는 일은 없을 것인지

도깨비 불

여름밤 어느 별이 세상으로 내려와
하늘과 바다를 다하여
사람의 마음을 불러 보는 일
새벽닭이 울기 전에
아무 집 헛간이나 짙은 풀숲 무덤가에서라도
그 속 모두 끄집어내어 잠시잠깐 닥치는 대로
한밤의 후끈한 그 몸을 뒤집어 보고 싶은 것이다
저들끼리 본심을 드러내 보고 싶은 것이다

인도 소년 빠르마

　전기가 나간 카쥬라호의 숙소에서 손전등 불에 의지하며 주섬주섬 배낭을 챙기고는 꼭두새벽에 버스 정거장으로 나갈 때의 기분을 잊지 못한다. 깜깜한 로비에는 직원들이 소파에도 아니고 바닥에서 그대로 자고 있었다. 누워 있는 사람들의 형상이 어렴풋이 보였는데 영락없는 노숙자들 같았다. 그들을 넘다시피 해야 하는 것이 여간 난처할 뿐만 아니라 한편으로는 왜 직원방이 없을까? 왜 저기서 자는지? 인도는 또 그저 놀랍기만 했다.(그들은 우리 기척을 듣고서야 부시시 일어났다)

　밖에는 물론 가로등도 없고 그날따라 별도 달도 없었다. 버스 정거장에 도착했을 때 짜이 장수가 차를 끓이느라 피우는 불이 그렇게 휘황하고 선명할 수가 없었다. 짜이 한 잔으로 목을 축이고는 컴컴한 한쪽 구석에서 방뇨를 한 다음 버스에 오를 채비를 마쳤다. 10시간이 걸리는 아그라로 가려는 길, 그 신새벽의 일이었다.

　아그라는 인도를 상징하는 가장 대표적인 유적지 중의 하나이자 세계에서 가장 아름다운 대리석 건물인 타지마할과 아그라성이 있는 유명한 관광도시다. 인도를 여행하는 모든 여행자들이 한번쯤은 스쳐 지나가는 곳이기도 하다.

　인도 어디나 마찬가지지만 사람과 소와 개, 원숭이와 그들의 배설물과 악취와 향료들까지 모두 함께 북적대고 있었다. 아그라에서는 타지마할의 아름다움에 취해 아예 입맛을 잃어버리라고 했다. 곳곳의 식당에서 한국 음식을 취급한다고는 해도 그만큼 음식이 형편없다는 말이었다.

숙소에서 멀지 않는 곳에 소위 말하는 '짝퉁 한국 식당'이 있었다. 흰두교도들이 대부분인 인도의 특성상 여행 내내 소고기가 든 음식을 구경할 수가 없었다. 그런데 아그라에 가면 비프스테이크를 먹을 수 있다는 희망, 그 작은 희망을 안고 새벽부터 아침도 점심도 건너뛰어야 하는 10시간의 버스길을 참을 수 있었다면 과장일까. 그만큼 먹는 고생도 만만찮은 곳이 인도였다. 그것도 '짝퉁 비프스테이크'지만 밤늦게 도착해서 또 두어 시간을 기다려서야 소고기 맛을 볼 수가 있었으니 눈물이 날 지경이 아니었겠는가.(인도에서는 제대로 된 요리는 보통 두 시간은 기다려야 나왔다)

그 가네샤 식당에서 나는 빠르마를 만났다. 빠르마는 식당에서 심부름을 하는 10살 남짓한 소년이었는데 눈치나 몸짓이나 빠르기가 보통이 아니었다. 인도 여행은 호객꾼들과 구걸하는 사람들에게서도 끝없이 시달려야 하는 고생의 연속이었다. 맑고 시원한 눈과 생글거리는 볼을 가진 빠르마는 빤들거리는 인도인들 틈새에서 파랑새 같은 신선함을 주는 소년이었다.

나는 아그라에 체제하는 동안 내내 가네샤 식당을 애용했다. 빠르마는 술이나 식당에 없는 다른 것을 주문할 때면 '투 미니츠 또는 텐 미니츠' 하면서 바람같이 날아갔다 오곤 했다. 뒷주머니에 술병을 숨겨오면서도 함박웃음을 내보였다.(대부분 술은 몰래 마셨다. 모든 물건들을 외국인에게는 심지어 200배까지도 바가지를 씌웠다) 그런 빠르마가 식당 밖으로 나갈 때면 슬리퍼를 벗은 채 맨발로 뛰어다니고 식당에 들어

서면 슬리퍼를 신는 것을 보고는 웃음이 나오지 않을 수 없었다. 어쩔 수 없는 인도였다. 나는 커피 탈 물을 끓여 달라는 둥 몇 번이나 빠르마에게 심부름을 시켰다.(인도 커피는 숭늉맛도 아니고 도무지 영 아니었다. 우리나라 일회용 커피가 눈물 나게 마시고 싶고 또 맛있는 곳은 인도에서였다)

빠르마가 이 식당에서 일을 한 지가 벌써 몇 년째라고 했다. 그러니까 우리나라 아이들이 초등학교에 들어갈 무렵부터 일을 하기 시작한 셈이었다. 어린 여자아이 남자아이들이 학교에서 구구단과 국어를 쓰고 외우며 공부해야 할 시기에 시장 바닥 속으로 바로 들어와버린 빠르마에게 나는 푸른색 수첩과 볼펜을 선물로 주었다. 학교에 가서 꼭 공부를 하라는 나 나름대로의 당부였다. 빠르마가 수첩 앞뒤까지 가득 뭔가를 썼으면 하는 바램도 있었다. '꿈을 키우는 사람에게는 세상이 보이고 미래도 보인단다. 얘야.' 나는 이렇게 말해 주고 싶었지만 말이 통하지 않아 눈짓으로, 그리고 수첩과 볼펜으로 그 말을 대신한 셈이었다.

배낭을 가볍게 하는 것이 배낭 여행자의 행복지수와 비례한다고들 했다. 배낭을 가볍게 하려고 짐을 줄이고 줄였지만, 여분의 수첩과 볼펜이 있었던 것이 그때만큼 요긴하고 감사했는지 모른다. 연필과 종이를 가졌다는 것은 문명 내지 문화를 접하고 그 어느 지점에 도달할 수 있는 수단을 가졌다는 뜻이기도 하다. 빠르마는 그 자체로 행복할까? 빠르마의 영혼은 웃음과 사랑이 가득한 생활 속의 행복 그 자체였다. 그래도 빠르마가 연필과 공책을 들고 학교에 가야 하지 않을까. 이성적이고 팍팍한 규격 속으로 들어가는 현대 문명 속에서 어쩔 수 없이 살아야 하지 않을까. 수첩과 볼펜을 기쁘게 받아들던 그 모습처럼 까만 피부에 초롱한 눈매의 빠르마가 학교에서 자랑스레 수첩을 또래들에게 내보일 기회가 있을런지?

옛날에는 동물은 말할 것도 없고 사람들도 자신이 움직일 수 있는 만큼 또 보는 것만큼이 자신의 세상이었을 것이다. 이즈음의 세상은 아는 것만큼 보인다는 말이 무색할 정도로 무한한 공간으로 열려 있다. 세상의 크기는 꿈이나 호기심의 크기만큼 비례한다고 할 수 있을 것이다.

세계지도를 펼쳐놓고 보면 세상의 크기를 가늠할 수 있고 각 나라의 넓이도 알 수 있다. 그래서 세상은 옛날에 비해 더 좁아졌다고도 볼 수 있다. 내가 인도 소년 빠르마를 만날 수 있었던 것처럼.

하지만 세상은 모두에게 같은 크기는 아니다. 어떤 사람에게는 여전히 무한한 공간이요, 또 다른 이들에게는 너무나 좁은 땅덩어리일 것이다.

인도 여행 내내 하루가 바쁘고 격렬하지만 그 사이사이 지독하게 외롭고 혼란스러운 감정이 왈칵 밀려오곤 할 때가 한두 번이 아니었다. 난감하고 깊은 나락으로 빠져드는 기운을 떨쳐버릴 수가 없을 때면 나는 수첩을 꺼내놓고 일기도 쓰고 돈도 계산하고 날짜도 세면서 볼펜을 굴리기도 했다. 쓸 거리와 도구가 있다는 것은 든든한 동반자 이상이었다.

백우선

- 범부 신화
- 태풍 혼의 회고
- 히말라야의 선물

〈산문〉
- 친구, 미안하네

범부 신화

쑥을 다듬으며 아내는
단오절까지 더 캐서
맛있는 쑥국을 두고두고 먹자고 했다.

저희가 지른 촛불을 광장에서
마구 쓸어버리며 세상을 정글로
몰아가는 어둠을 향해

눈을 부라리며, 손톱 발톱을 세우고
호시탐탐 으르렁거리는 나를
염려하는 눈치가 역력했다.

꿈틀대는 내 수성(獸性)을 잠재우려고
마늘장아찌에 쑥국을
날마다 먹일 속셈임이 틀림없었다.

태풍 혼의 회고

나도 오리오리 나누면 결국은 실바람이다.
참고 기다리며 나누는 기술이 없었던 것이다.
돈벼락 말고 푼돈을 중시했어야 했다.
한 방의 케이오만 노리지 말고 착실히 잽을 날렸어야 했다.
총알을 타고 날 게 아니라 그냥 천천히 걸었어야 했다.
산들바람, 꽃바람, 명주실바람, 향바람의 비의를
알지 못했던 것이다.

내게도 생명의 봄바람이 없었던 것은 아니었다.
꽃을 피우고, 꽃가루를 날리며
열매를 맺고, 씨앗을 실어 나르는 바람이 없었던 것은 아니었다.
숨결로 흐르고, 땀을 식히며
머플러를 휘날리고, 휘파람 부는 바람,
별을 반짝이고, 물결을 찰랑이게 하며
풀잎과 나뭇잎을 한들한들, 도란거리게 하는 바람,
새들을 하늘 높이 날아오르게 하며
벌레들의 노랫소리를 달빛에 짜 늘이는 바람이 없었던 것은 아니었다.
깃발을 한가로이 펄럭이며, 배를 저 푸른 바다로 밀어가는
바람이 없었던 것은 아니었으나

그때 나는 다만 뒤집히고 돌아버린 외눈박이였다.
내 마음과 몸은 오로지 속도와 대박에 미쳐 있었다.
나를 못 이겨 세상을 휘몰아친 죄를
일찍 깨달은 자진이 그나마 다행이라면 다행이었다.

히말라야의 선물

히말라야가 온다.
히말라야의 만년설이 온다.
히말라야의 산골 집집 온 가족의 행복이 온다.
자연과 전통문화와 사람들의 즐거움이 온다.

나무의 뿌리, 줄기, 잎, 꽃, 열매,
사람의 눈, 코, 혀, 위, 장의 기쁨이 온다.
똥, 오줌의 향기도 온다.
비행기, 자동차, 가게의 휘파람도 온다.

동물 배설물의 가스불이 온다.
천 년 내내 북과 피리 반주에 맞춘 춤과 노래가 온다.
희미한 전등빛이 온다.
고산 경사지 빗물이 온다.

가난한 나라, 가난한 사람들의 희망이 온다.
생산에서 소비까지, 모두의 웃음이 온다.
계급과 여성 차별의 관습이 묻어오긴 하지만,
참 아름답고 착한 커피가 온다.
'히말라야의 선물' *이 온다.

* 히말라야의 선물 : 아름다운 가게의 공정무역 커피 이름. 네팔 히말라야 산기슭이
산지임.

친구, 미안하네

휴대전화로 전화를 받았다. 이름이 뜨지 않았으니, 저장 안 된 번호였다. 내 이름을 물은 다음 고교 동기라며 자기 목소리를 알겠냐고 했다. 미안하지만 잘 모르겠다고 했다. 자기 이름을 얘기한 뒤 요즘 어떻게 지내느냐, 승진은 했느냐, 건강은 좋으냐 등을 물었다. 나는 계속 그 친구 생각이 떠오르지 않았다. 동창들한테서 자기 소식을 들었느냐고 물었다. 못 들었다고 하자 호기롭게 얘기하는 그 친구는 언론계에서 일한다고 했다. 할당받은 주간지를 좀 봐달라고 했다. 몇십 년 만의 첫 연락에 이런 부탁이나 한다고 생각지 말라고 덧붙였다.

자기가 고급 양주는 못 사도 국산 양주 정도는 사겠다고도 했다. 경제주간지를 얘기해서 그 분야는 관심 밖이라고 했더니, 그럼 시사주간지를 보라고 했다. 1년 구독료 15만 원, 근무지 주소를 알려주고 결제 방법을 물었을 때, 지로 1회 납부 대신 3회 분납 카드결제를 하기로 했다. 분납에 끌린 것이다. 카드번호, 유효기간을 묻는 대로 알려줬다. 그때까지도 그 친구에 대한 기억은 전혀 떠오르지 않았다. 끝으로 내가 성을 확인하고는 통화가 끝났다. 고교 동기라며 그가 보이는 호의를 딱 잘라 거절하지 못한 채 얼떨결에 신용카드 비밀을 다 알려주고 만 것이다.

기분이 묘했다. 요즘 흔한 보이스 피싱이 아닐까 하는 생각도 들었다. 그 친구가 정말 고교 동기가 맞는지가 제일 궁금했다. 동기가 맞기만

하다면 방법이야 어떻든 술 한 잔 했다고 생각하면 될 것이기 때문이다. 당장 딴 동기에게 확인 전화를 할까 하는 생각도 들었다. 그러나 그것도 그가 정말 동기라면 좀 미안하고 번거롭기만 한 일이 된다. 그 친구는 내 신용카드 내역을 시사주간지 담당자한테 넘길 것이고, 그쪽에서 다시 전화할 것이라고 했다. 잠시 제정신이 들어 생각하다가 옆 직장 동료에게 사정 얘기를 했더니, 걱정스럽다고 했다. 내 걱정이 더 커졌다. 그래서 전화해 신용카드 결제를 지로 결제로 바꿔 달라고 했다. 시사주간지 쪽의 카드 비밀 유출이 걱정된다는 이유를 대었다. 괜찮지만 그렇다면 그러자고 했다. 옆 동료는 동일인이 전화를 받은 것만도 다행이라고 했다. 동창회 명부에서 이름만 도용해서 제3의 인물이 전화를 받거나 아예 통화가 안 되는 경우도 있다고 했다.

저녁 약속이 있어서 그 일은 잠시 접어둘 수밖에 없었지만, 가끔 고개를 들어 기분이 내내 유쾌하지 못했다. 자정쯤 귀가해서도 마찬가지였다. 그러다 카드 거래 중지를 시키는 게 좋겠다는 생각이 들었다. 집사람 듣는 데서 신고하기도 뭐해서 내일 아침 출근해서 처리하기로 마음먹고 잠자리에 들었다.

출근하자마자 카드 인터넷 홈페이지에 들어가 밤새 거래내역을 확인한 뒤 거래중지 방법을 찾았더니 분실신고밖에 없어 보였다. 분실신고 절차를 밟다가 아래 주의사항을 보았더니, 허위 분실신고를 하면 안 된다고 돼 있어서 중단했다. 분실신고 진위를 어떻게 알아낼 수 있을까 하는 생각도 들었지만, 일단 허위 신고는 안 하기로 했다. 업무 시작 시각을 기다려 상담전화를 걸어서 결국은 분실신고를 하고 재발급 신청을 했다. 그랬더니 비로소 마음이 놓였다.

내가 동창회에 안 나간 지도, 연락이 끊어진 지도 오래 되었다. 몇 번 나간 적도 있었지만, 결국은 친한 몇 사람 만나는 형식이어서 발길이 멀어졌고, 직종이 다르면 공동 관심사도 적어서 뻔하디뻔한 생활 이야기 조금 나누고 나면 더 할 얘기도 없어져 그저 멀뚱멀뚱 술잔이나 나누다 돌아오게 마련이어서 그리 되었다. 게다가 이사를 두 번 하고 나서 새 주소를 알리지도 않았으니, 우편물이 돌아가곤 해서 아예 연락조차 끊어지게 되었을 것이다.

어찌 됐든 이번 일을 계기로 몇 가지를 새롭게 생각해 보게 되었고 직장 동료에게서 대처 방법도 전수하게 되었으니 그 내용은 이렇다.—동창회에 너무 무심했던 점을 반성하며 동창회비 낸 셈 친다. 신문 구독을 하고는 있지만, 언론계에 대한 실질적인 지원이 매우 적었음을 인정한다. 글감을 만들어 주어 고맙다. 부탁하지 않고 부탁받아 다행이다. 내가 부탁할 처지라면 우편물이나 이메일, 휴대전화 문자 등으로 자기 신분이나 동정을 미리 알게 한 뒤 정중히 부탁한다. 신용카드 정보는 남에게 알려주지 않는다. 거절하려면 딴 구독물이 많은 실정을 이해시킨다. 바로 거절 못 했을 경우엔 실제 담당자가 전화해 왔을 때 사정을 말하고 거절한다. 구독물을 잘 보아서 구독료가 헛되지 않게 한다. 구독 연장 요구에 대한 대비책을 마련한다.

고교 졸업이 37년 전 일이다. 아주 가까웠던 동기도 아무 예고 없이 전화했을 때 그 목소리만으로 그를 알아보기는 쉽지 않다. 그 일이 있은 뒤 며칠이 지난 지금까지도 그 친구에 대해서 떠오르는 것이 아무것도 없다. 이름조차도 여전히 낯설다. 그러나 앨범을 찾아보지 않기로 했다. 동창회에나 딴 친구에게 확인도 해 보지 않기로 했다. 일단 구독하기로 얘기한 이상 내 말을 그대로 따르는 게 원칙이고, 그 친구에 대한 인간적인 신뢰를 최소한이라도 유지하는 게 바람직하다는 판단에서다. 어찌 됐든 내가 잘 알아보지 못하고 의심만 해서 그 친구에게 미안할 따름이다.

신광철

이랑과 고랑

예야, 끌탕한다고 되는 일이 아니다
이랑을 만들려면 고랑이 생기는 법인데
인생길에 고랑을 피할 수 있겠냐
고랑의 흙을 이랑으로 끌어올리며 저만큼 앞서 가신다

걱정 마세요 다 잘 될 거예요
스스로를 위로하고 싶은 내 말의 끝머리를
한참 동안 뜨거운 햇살이 비추고 난 다음
어머니 말씀이 돌아선 밭머리에서 다가선다
길을 잃어버렸다고 생각하겠지만
길은 잃어버릴 수 없는 거란다
사는 게 다 내 속에 있는 길을 거미줄처럼
끄집어내서 이 세상에 펼쳐내는 거란다

능소화

사랑은 살아서 천국을 만나는 일이다
살아 천국을 만난 죄로
지옥을 경험하게 되는 것도
사랑이지만 그 사랑이
사람을 최초로 사람답게 만든다

산 채로 죽고 싶었다, 살아 팔딱이는
사랑을 안고 죽고 싶었다
사랑에게만 귀를 연 바람난 꽃
미친년처럼 알몸으로 담을 넘지만
이미 사랑을 배워 멈출 수 없다

영혼이 통하는 그윽한 천국의 소리와
벼 속에 바람 드는 지옥의 소리로
환청에 떨며 산 채로 제 목숨 던진다
하롱하롱 꽃이 진다 멀미가 난다

고래의 꿈

고래는 섬을 등에 지고 사는 동물이다.

바다가 깎아놓은 유선형의 푸른 몸매. 섬을 등에 지고 사는 고래는 신화다. 제 등이 섬이었으니 고래의 등 위로는 고독이 떠오른다. 생애 내내 이별을 인정하지 않는 고래는 떠난 사랑을 이별 안쪽의 일로 생각하지 않는다. 살아 움직이는 고독을 지고 사는 고래는 바다를 날렵하게 헤엄쳐 가는 순간에도 섬이다. 파도가 멈추지 않는 바다에서 수평선은 다시 출렁거린다. 눈물이 출렁거리듯이.

고래는 꿈꾼다. 덩치 큰 고독이 더 큰 고독을 만나, 고독이 합궁하는 날을.

삶은 받아들이는 순간, 꽃이 핀다

저는 어쩔 수 없으면 즐기라는 말의 매력에 대해 생각해 봅니다. 욕망이 들끓으면 그것을 아파하지 말고 즐기라는 것이지요. 아픈 것을 어떻게 즐기느냐고요, 어느 정도 가능하다고 봅니다. 그리워할 수 있는 사람이 있다는 건 고마운 일이라고 생각하는 데서부터 출발해야지요. 고마운 일을 가지고 아파하는 것은 자신의 몫이겠지요. 하지만 고마운 일을 가지고 아파하는 것은 어리석음일지도 모릅니다. 반대로 미워지는 사람이 옆에 있다고 상상해 보세요.

답은 본인이 가지고 있습니다. 고마움이냐, 안타까움이냐, 라는 갈림길에서 어느 길을 갈 것인가는 분명 자신의 일이지요. 사랑이란 감정은 사람의 기본심의 하나지요. 사랑을 해 보지 않고 사람을 이해한다는 것은 말이 안 되지요. 사람에게 가장 중요한 심성 중 하나를 받아들이면서 기쁨만 오롯이 가지려는 것은 더 큰 욕심인지도 모르고요. 아파 봐야 하고 견뎌 봐야 하는 것이라고 생각합니다.

사람들은 이런 말을 하고는 합니다. 인생이 힘이 들다, 불행하다, 또는 너무 아프다고.

인생 안에 여러 가지 일들이 있습니다. 인생 안에서 일어나는 일 가운데 대척관계에 있는 것들 중 하나를 정상이라고 흔히 이야기하곤 하더군요. 건강이 정상이고, 행복이 정상이라고요. 헌데 원하지 않는 일들이 내게 온다고 생각하는 경향이 있습니다. 나와는 무관한 병이 오고, 불행이 닥친 것이라고. 하지만 인생은 실패와 성공, 기쁨과 슬픔, 행복과 불행 같은 반대개념들이 다 들어 있는 것이 인생이지요. 둘 다를 가져야 진정 삶의 참맛을 느끼게 되는 것인지도 모르지요. 너무 교과서적인 어쩌면 전혀 교과서와는 별개의 생각을 이야기하고 있는 자신을 발견하고는 당황하는 제 모습이 보이나요.

이 세상은 슬픔과 기쁨, 웃음과 눈물이 공존하는 곳입니다. 실패도 자연스러운 것이고, 성공이 도리어 부자연스러운 곳이지요. 왜냐고요. 실패는 노력이 없어도 오지만 성공은 노력해야만 가능한 것이거든요. 실패를 자연스럽게, 눈물을 자연스럽게 받아들이는 것이 이 세상을 쉽게 그리고 넉넉하게 살아가는 방법입니다. 실패를 두려워하거나 눈물을 아파할 필요가 없습니다. 실패하면 다시 시작하면 됩니다. 눈물이 마르면 다시 일어서면 됩니다.

가장 낮은 자리를 마련한 바다가 가장 많은 물을 끌어안았습니다. 스스로 정화하는 가슴을 가진 바다는 수많은 어종과 식물을 기르더군요. 가장 큰 사랑은 자신을 사랑하는 일인지도 모르지요. 정화할 수 있는 능력은 긍정에서 옵니다. 사랑하지 않는 자신에게서 정화력이 있을 수 없습니다. 나는 세상의 생성과 소멸의 창구지요. 나의 소멸은 세상 모든 의미의 상실이지요. 나의 생존은 모든 것과의 관계의 출발이자 절정이지요.

마음밭에도 밭갈이를 해야 될 때입니다. 웃음도 심고, 희망도 심고, 사랑도 심으면 인생 전반에 걸쳐 그것들을 거두는 해가 되겠지요. 인생이란 밭에는 늘 심고, 늘 거두어야 하는 곳입니다. 인생은 오늘 하루로 만들어져 있어 늘 새로운 태양이 뜨는 곳이거든요.

이 세상에 종교가 탄생하지 않았다면 인간은 얼마나 더 고통스러웠을까, 아니면 더 자유로웠을까. 인간이 신을 위하여 존재하는 것일까, 신이 인간을 위하여 존재해야 하는 것일까. 종교로 인해 죄의식을 가져야 하는 기독교는 과연 인간에게 얼마나 공헌한 것일까 아니면 해악을 끼친 것일까 생각해 봅니다. 사람은 사람을 위하여 기도해야 합니다.

진정으로 사람이 사람을 위하여 기도하고, 찬양해야 할 때가 오겠지요. 불교 같은 종교에서는 사람 스스로 서는 것을 가르치지요. 사람이 사람으로 일어서는 날이 오겠지요. 사람과 사람이 손을 잡고 춤을 추는 날이 오기를 기다려 봅니다. 분명 사람은 결핍된 모습을 가지고 있습니다. 부족한 사람이란 이름을 가지고 사는 일이 힘들고 벅차지만 홀로 서야지요. 넘어지고 무너지지만 다시 일어서는 모습을 보면 가슴이 벅찹니다. 사람에게 독립의 날이 가까운 날에 오기를 바랍니다. 나 자신이 이 세상에 살아 있음이 오롯이 빛나는 일이기를 바랍니다. 산만큼은 아름다워지는 날이어야 합니다.

우재욱

- 창고―돌이 된다는 것
- 창고―꿈
- 창고―어머니

〈산문〉
- 양심

창고

—돌이 된다는 것

돌이 된다는 것은 어려운 일이 아니다
세상을 향해 열어젖힌 저 창들을
가만히 하나씩 닫으면 되는 일이다

정말 호기롭게도 열어젖히지 않았던가
그래서 많은 것들을 만나지 않았던가

하늘의 무지개는 동화 같은 그림이었고
계곡의 물결 소리는 꿈길 같은 음악이었지
요염한 꽃송이마다 가슴 두근거렸고
탐스런 열매마다 짜릿한 전율이었지

무지개 피고 질 때도 시간은 흐르고
물결 흘러갈 때도 세월은 도막난다는 건
나중에야, 한참 나중에야 알았지

요염한 꽃송이마다 형편없이 시들어 가고
탐스런 열매마다 흉하게 썩어간다는 건
나중에야, 한참 나중에야 알았지

이제 그만 창을 닫고 돌이 되려 하는데
그래도 정이란 정대로 쌓이는 것이어서
부질없는 집착이 손사래를 치며
마지막 창을 닫는 손목을 붙잡고 늘어진다.

창고
―꿈

창고살이는 꿈이다
내가 꾸는 꿈이 아니고
창고 속 그 누가 꾸는 꿈도 아니고
창고 바깥에서 누군가가 꾸는 꿈이다

창고 바깥에서 꿈을 꾸는 누구
창고 속을 온통 제 꿈으로 채색하는 누구
그 누구는 대체 누구인가?

알 수 없는 일이다
창고 문을 열고 나가기 전에는

어차피 우리는 꿈속의 배역이다
누군가의 그 꿈이 꿈이 되도록
부지런히 움직이고 뒤챌 뿐이다

내 오늘 한 여인을 겁탈했다 해도
나는 강간범 역을 맡았을 뿐이고
여인은 피해자 역을 맡았을 뿐이다

창고 속에서는 꿈꾸지 말아야 한다
그 꿈은 어차피 꿈속의 꿈인 것을
그 언제 누군가가 꿈에서 깨어나면
너도나도 연기처럼 사라지면 그뿐이다.

창고

-어머니

아버지 유택으로 모신 스무 이태 만에
어머니 다시 아버지 곁으로 모셨다
내려진 관 옆으로 흙이 채워지면서
어머니는 창고에서 그렇게 사라져 가셨다

묘 짓는 사람들은 익숙한 솜씨로
봉분을 올리고 떼를 입히는데
가랑비 촉촉이 내려 무덤 적셨다

일꾼들은 잔디 잘 살아 좋다 했으나
마을 어른 한 분은 하늘 올려다보며
이러다 많은 비라도 오게 될라치면
아직 자리잡지 못한 흙들이 흘러내린다며
마을에 가서 비닐이라도 가져오라고 했다

차를 몰고 마을로 들어가는데
나고 자란 안태 고향이기는 해도
발길 뜸한 사이 서먹해져 버린 시골 마을
어디서 비닐을 구해 오나 난감해졌다

그러다 문득 스치는 생각일랑
집에 가서 어머니께 구해 달라면 되는 일이었다
차를 세우고 오막살이로 들어섰으나
거기에는 어머니가 계시지 않았다

44

마늘밭 한쪽 귀때기에 버려진
폐 비닐 한 묶음을 거두어 싣고
차를 몰아 무덤으로 되돌아가면서
하도 어처구니없어 눈물 왈칵 쏟았다

봄비 게으르게 흩뿌리는 시골 멧기슭
땟국 흐르는 폐 비닐 이불 삼아 덮고 계시는
어머니를 거기다 그렇게 버려두고 돌아서며
장 보러 가시는 어머니 멀찍이 뒤따르며
나도 따라가겠다고 눈물 콧물 흘렸던
어릴 적 그때 그 울음을 그대로 울었다.

양심

　양심적이고 착한 사람이 이기적이고 악한 사람보다 더 오래 산다는 연구 결과가 나왔다. 미국 캘리포니아 리버사이드 대학 심리학과 하워드 프리더먼 교수팀의 연구에 의하면 양심적이고 신중하며 허영심이 없는 성격의 사람이 야비하고 이기적이며 남을 잘 이용하는 성격의 사람보다 사망할 확률이 30%나 낮은 것으로 나타났다.

　물론 여기서는 체력이나 질병 따위의 개인적인 요인은 제외하고 건강하게 산 사람의 수명을 이야기하고 있다.

　양심적인 사람에게는 그 양심에 상응하는 상수라는 은전이 있는 모양이다. 거꾸로 야비한 사람에게는 그 야비함에 상응하는 응징이 따르는 모양이다. 그렇다고 볼 때 우주의 섭리라는 것이 있기는 있는 모양이다.

　그러나 오래 사는 것을 은전이라고 하기 위해서는 장수가 축복이라는 사실에 의문이 없어야 한다. 오래 사는 것이 정말 지긋지긋한 일이라고 한다면 그것은 축복이 아니라 저주라고 할 수밖에 없다.

　오래 산다는 것이 축복일까, 저주일까? 일단의 염세주의자들이 하나의 사상체계로까지 발전시킨 삶에 대한 회의론이 있고, 또 스스로 자기의 목숨을 끊어버리는 사람도 있지만, 살아 있는 모든 것들은 죽음에 대한 본능적인 공포를 가지고 있다는 엄연한 사실만은 부정할 수 없다.

물론 이 공포는 논리적으로 검증된 타당성이 있는 것은 아니다. 살아 있는 것들의 숙명적 한계, 태어남에 필연적으로 맞물려 있는 죽음에 대한 선험적인 두려움일 것이다.

사람은 누구나 죽음을 두려워한다는 사실만으로 장수가 곧 축복이라는 결론을 끌어낼 생각은 없다. 그러나 오래 살고 싶어 하는 인간의 욕망이 한갓 부질없는 집착에 근거하고 있다 하더라도 모두는 오래 살고 싶어 한다는 그 사실만은 명백하다. 그리고 그 욕망은 심오한 철학적 사유와 많은 종교적 가치에도 불구하고 에덴 이후 지금까지 조금도 흔들리지 않고 있다.

양심적인 사람이 오래 살고 야비한 사람이 일찍 죽는다면 거기에는 반드시 이유가 있을 것이다. 인생에 대한 절대자의 은전이거나 응징이라고 생각하면 매우 간단하다. 그리고 그것이 절대자의 의지인 이상 '장수는 축복' 이라는 말이 강한 설득력을 얻을 수 있다.

그러나 절대자의 의지가 아닌 인간 내부의 문제라고 해도 불가사의한 일은 아니다.

인류는 역사의 흐름 속에서 눈부신 발전을 이룩해 왔다. 과학문명의 발전은 어제와 오늘을 달리하고 있고, 경제도 사상도 제도도 빠른 속도로 진보하고 있다. 그러나 '양심' 이라는 문제를 떠올려 보면 발전이라는 말을 망설이게 한다. 인간의 윤리의식이나 도덕성이 느리게나마 바른 방향으로 움직이고 있다는 확신을 가질 수가 없다.

양심이란 애당초 거추장스러운 것, 공연히 인간을 고통스럽게만 하는 것이라고 한다면 '양심의 실종' 이 오히려 '발전' 이라는 역설이 성립될 법도 하다.

전후 작가군의 선봉장이었던 이범선은 화제를 불러 모았던 단편 〈오발탄〉에서 양심에 대한 논쟁을 벌이고 있다. 명색이 가장으로서 식구들의 생계는커녕 끼니도 꾸려가지 못하는 형의 무능은 그 알량한 양심 때문이라고 동생 영호는 타박한다.

양심이란 손톱 밑에 박힌 가시라는 것이다. 뽑아버리면 아무렇지도 않을 것을 무엇 때문에 박아 두고 건드릴 때마다 움찔움찔 놀라느냐는 것이다. 그리고 법은 허수아비라고 한다. 조그만 참새나 그걸 보고 도망가지, 까마귀만 해도 오히려 허수아비 머리 위에 올라앉아서 주둥이를 쓱쓱 문지른다는 것이다. 또 윤리라는 건 나일론 팬티라고 했다. 입으나 안 입으나 속이 훤히 들여다보이기는 마찬가지라고 한다.

영호는 결국 은행을 턴다. 그렇게 양심을 비웃었던 영호지만 그도 결정적인 순간에 불쌍한 은행 경비를 쏘지 못해 잡히고 만다. 경찰서로 면회 온 형에게 법률선은 뛰어넘었는데 인정선을 뛰어넘지 못했다고 한다.

인정이 무엇인가? 그게 바로 양심 아니고 무엇이겠는가? 왜 손톱 밑의 가시를 뽑아버리지 못하느냐고 형을 닦달하던 영호였지만 정작 자기 자신도 그 가시를 뽑지 못한 것이다.

양심이란 애당초 손톱 밑의 가시가 아니었다. 뽑아버릴 수도, 그냥 놔둘 수도 있는 가시가 아니라 전신에 녹아 흐르는 핏물 같은 것이기에 죽을 때까지 어쩔 수 없이 몸속에 담고 살아야 하는 그런 것이었다.

정말이지 양심적으로 살기가 무척 어려운 세상이다. 의협심이나 정의감을 가지고 살려면 개인의 생활을 몽땅 담보로 하지 않고서는 결심할 수 없는 세상이다.

조그만 목적을 위하여 큰 잘못을 서슴지 않고 저질러 버리는 세상 아닌가. 나에게 득이 된다면 남이야 어찌 되건 괘념치 않는 세상 아닌가. 조그만 이익을 위해 인격도 인품도 내던져 버리고 아첨을 일삼는 세상 아닌가.

어차피 경쟁사회이니만큼 경쟁을 통해 승부를 결정짓는 것은 정당하다. 그러나 경쟁에는 규칙이 있고 이 규칙을 지켜야만 결과의 정당성이 확보된다. 그러나 제도니 법률이니 하는 규칙의 파수꾼들은 허수아비가 된 지 오래다. 약삭빠른 인간들의 교묘한 반칙에 호각 한번 제대로 불어 보지 못한다. 이런 식으로 사고를 진전시켜 보면 인생이라는 것이 과연 가치로 따져 볼 수 있는 것인지 회의에 빠지게 된다.

그러나 절망할 필요는 없을 것 같다. 하워드 프리더먼 교수의 연구는 희망을 가져도 좋다고 일러주고 있지 않은가. 야비한 일찍 죽는다니 매우 고소하다는 것으로 위안을 삼자는 것이 아니다.

만약 그들이 철저하게 비양심적이라면 일찍 죽을 까닭이 없다. 세상살이에 부대끼다 보니 저지르게 된 악행과 부도덕이 두고두고 그의 핏속에 흐르는 양심이라는 채찍과 갈등을 일으키면서 야금야금 제 목숨을 갉아먹는 결과가 아니겠는가. 양심의 가책으로 스스로의 수명이 단축되었다면 그 또한 양심을 배반하지 못한 사람일 것이다.

의지의 철인 쇼펜하우어는 "명예는 밖으로 드러난 양심이며 양심은 안으로 잠긴 명예"라고 했다. 설령 아무도 몰래 저지른 야비한 행동일지라도 자기 자신으로부터 내리는 단죄는 피할 길이 없다. 안으로 잠긴 명예야말로 평생을 두고 따라다니는 회초리이기 때문이다. 시베리아로 유형을 떠나는 카츄사를 두고 깊은 가책에서 헤어나지 못하는 네플류도프 백작의 고뇌처럼.

조그만 자제력만 있으면 이기심을 잠재울 수는 있지만 그 어떠한 뻔뻔스러움도 스스로의 양심을 무력화시킬 수는 없는 모양이다. 양심적으로 살기는 무척 어려운 일이지만, 양심을 빼놓고 살기는 더욱 어려운 일인 모양이다.

에리히 프롬은 그의 저서 『건전한 사회』에서 양심에 대해 매우 직설적이고 행동적인 정의를 내리고 있다.

"양심의 본질은 동조하지 않는 것이다. 모든 사람이 '예스'라고 말할 때 양심은 '노'라고 말할 수 있어야 한다. '노'라고 하려면 양심은 그 '노'가 기초하고 있는 판단의 정당성에 확신을 가져야 한다."

얼마나 비볐는지 손금이 다 닳아 없어졌다는 농담이 자연스럽게 오고 가는 우리 사회에 이런 말이 귀에 들어오기나 할까.

이복자

- 터미널
- 구멍
- 소리탑은 그림자가 없다

〈산문〉
- 나는 누구인가?

터미널

가방에 수많은 생각을 챙겨 넣고
여정을 향하여 떠나고 오는 플랫폼에는
시계와 더불어 행선지가 꼽힌 버스가 있고
표류하는 상념들이 있다.
거기, 가난한 목표는 의자가 꺼지도록 졸고
희망을 안은 행보는 튼실하여 소리도 요란하고
노숙은 고단하여 술이 없으면 제정신이 아니다.
쉼 없이 정신없이 드나드는
꽉 찬 일정이지만 결국 텅 비는 자리

터미널은 가슴이다.

구멍

그 사람 속에 무엇이 있는지
가슴을 들여다보았다.

평온하게 뚫린 길, 그 끝에
툇마루 갖춘 훈훈한 집에서
어머니로부터 달콤한 군고구마의 사랑을
쪽쪽 받아먹고 있었다.

성취를 향한 집요한 눈의 통로
통과하면 초점에 따라
흑백으로 존재하는 관심의 저편

그렇게 들여다보는 사이
그도 나를 들여다보고 있었단다
사랑한다는 말을 던졌다.

소리탑은 그림자가 없다

－선유도의 밤 파도 소리

소리는 그림자가 없다는,
바다와 섬 사이에 전설이 있는 것을 알았다.
사랑의 혼령이
밤을 가르며 섬 자락에 오기까지
빛바랜 세월 바위에 허옇게 얼룩지도록
사랑의 뿌리는 모질었단다.
억만 겁을 내림받은 소리꾼이라 해도
끝내 사랑에 닿지 못하는 소리,
그 소리 스스로 삼키는 설움은
푸른 밤에야 비로소 흐느낄 수 있었단다.
하늘은, 바다와 섬 사이
차곡차곡 쌓이는 애절한 흠모의 노래를
소리탑이라 이름 짓고
사랑의 서슬 너무 길면 밟힐까, 그림자를 지웠단다.
허구한 날, 허구한 날 섬 둘레에 세워지는
소리탑은 그림자가 없다.
슬픈 사랑을 앓아 본 사람이 섬에 오면
소리탑의 공명(共鳴)으로 울게 된단다.
보름달이 뜬 섬 하늘이면 더욱 목이 메어……

나는 누구인가?

—뿌리를 찾아서

안성 이씨(安城 李氏) 총 종중종친회 시제에 참석하기로 했다. 시조(始祖)인 안성부원군 이숙번의 터전인 안성에서 행하는 문중의 큰 행사이다.

안성 이씨는 많지 않다. 때로는 어디 이씨냐고 질문을 받았을 때 안성 이씨라고 답하면 뭐 그런 이씨도 있냐는 표정이다. 사실 나는 지금까지 나의 근본을, 아니 혈족관계를 세세히 캐 보거나 깊이 알려고 해 본 적이 별로 없었다. 평범한 집안의 후손으로, 또 딸이라서 더구나 근본을 알 필요성을 못 느꼈다. 출가외인이 되어 박씨 문중으로 입적이 되고 안성 이씨의 가문에서는 퇴출되었으니 내 아이들에게 박씨 문중을 의식시키기 바빴을 뿐, 나의 근본은 까맣게 잊고 살았다 해도 과언이 아니다.

오래전 어느 도서관 어린이 행사에서 독후감 심사를 끝내고 동향 이야기를 나누던 중 한 분이 집안 오빠임을 알았다. 10년 이상 지인이면서도 강릉 말투에 그저 같은 고향이려니 했던, 이상기 선생님이 가까운 일가임을 알았을 때 무척 기뻤다. 정확히 10촌 오빠이다. 그 후 늘 '복자 동생 보게나' 의 칭호로 보내주시는 편지는 나로 하여금 강한 뿌리의식을 갖게 했다. 안성 이씨 문중에 글 쓰는 여성이 있어 자랑스럽다고, 집안의 큰 명예라고, 하루 속히 집안에 알려야 된다고 말씀하실 때마다 부끄러웠다. 나는 지금까지 입신양명을 위해 글을 쓰거나, 불후의 명작을 위한 투혼의 의지를 가져 본 적이 없고, 더구나 안성 이씨의 명예를 걸고 글을 쓴다는 생각은 추호도 없었다. 교직에 몸을 담고 있으니 작가정신으로 글을 쓰기보다 어릴 때부터 글쓰기를 접하며 자란 탓에 내 삶을 풀어내는 존재의식일 뿐, 스스로 익힌 글쟁이로서 집안에 공개되기는 부족함이 너무나 많기 때문이다.

상기 오빠는 해마다 개천절 날이 시제이니 공휴일이라 함께 참석을 권하셨으나 바쁘다는 핑계로 미루고 또 미뤘었다. 나의 친오빠들도 종친회에서 한몫씩 하고 있지만 친오빠들보다 더 강요하시기를 10년은 흘러, 언니와 함께 참석하기로 했다.

출발지점 동대문 운동장에는 어르신들께서 늦게 도착한 우리를 반갑게 맞이했다. 차에 오르니 묘한 혈연의 뜨거움이 있었다. 사실 차 안에는 남이 하나도 없는 셈이니 일가인 것만으로도 반갑고 좋았다. 역시 마이크를 잡은 상기 오빠, 나를 상세하게 소개를 하셨다. 이숙번 할아버지는 정치뿐만 아니라 대문장가이시기도 한데 우리 집안에 후손 여성으로 후예 역할을 할 인물이라고…… 아이고!

안성 이씨의 시조 이숙번(李叔蕃)을 검색해 보았다. 훌륭한 분이었다. 조선 시대 최초의 과거 합격자, 태종의 심복, 나라의 장래를 염려하여 강건하게 세종을 왕위에 오르게 한 정치가로서 올곧은 어른이시다. 부정적인 역사적 견해도 있지만 난 인물임에는 틀림없다. 역사 속에서 특출한 인물로, 왕자의 난 평정 등 혁혁한 자취를 남기고 유배를 거쳐 안성에서 생을 마감하시기까지 그 많은 공적 중 나를 놀라게 한 것은 나의 시조 이숙번 할아버지가 〈용비어천가(龍飛御天歌)〉 찬제에 참여했다는 사실이다. 한양대 박찬수(朴贊洙) 교수의 〈운정본 용비어천가 연구〉 박사 논문에는 여러 군데 사실 문헌 자료가 인용되어 있었다.

그의 묘소도 검색해 봤다. 시흥시 산현동에 물왕리 저수지가 내려다보이는, 아름다운 경관을 갖춘 곳에 자리하여 향토유적지로 지정되어 있었다. 안성 이씨 집성촌인 안성의 부래미 마을을 검색해 보았다. 뿌리를 느끼게 하는 사진 자료들도 곳곳에 많이 공개되어 있었다. 나의 무심(無心)이, 아니 무지(無知)가 뜨겁게 가슴을 쳤다. 어릴 적 아버지께서 누누이 말씀하셨어도 역사적으로 내세울 만한 인물이 아니라고 생각했던 나의 옹졸함, 부끄럽기 짝이 없었다. 아, 새롭게 다가오는 나의 근본! 그것을 찾아 나선 첫걸음, 설레었다.

종중묘소를 향하는 길엔 안성 이씨 집성촌답게 묘소마다 '安城 李氏 ○○之墓' 라고 새겨진 비가 수없이 보였다. 나직한 언덕에 아담하게 자리 잡은 종중묘! 안성 사람들과 먼저 온 강릉과 양양에서 올라온 사람들은 시제 차림에 분주했다. 상기 오빠, 아니면 우리 오빠들이 많이 이야기를 했는지 시인이 왔다고 반가워하는 사람들도 있었다. 부끄럽긴 했지만 안성 이씨 딸로서 종중 모임의 일원인 것이 기뻤다.

제례가 시작되었다. 길게 이어지는 정중하고도 위엄 있는 제례의식, 앞쪽에서 과정을 동영상으로 열심히 찍었다. 넓은 상석 위에 푸짐하게 차려진 제물, 대표들은 의관을 정중히 갖추고, 축문을 읽고, 잔을 올리고, 절하고…… 세 묘소의 제례는 근 한 시간이 걸려서야 끝났다. 200여 명 중에는 서예의 대가 이무호(용의 눈물 휘호 씀) 같은 훌륭한 분도 있었다.

고향 마을 일가 분들과 많은 이야기를 나누었다. 끊임없이 이어지는 일가의 소재 파악과 안부는 정답고 친근했다. 몇 십 년 만에, 혹은 몇 년 만에 이숙번 할아버지의 후손으로 이어지는 문중의 핏줄과 핏줄들! 그냥 넘어가나 했더니 우리 상기 오빠, 한가운데로 불러 세우고 안성 이씨의 딸로서 자랑스럽다고 그 많은 사람들 앞에서 인사를 시켰다. 안성 이씨의 후손으로 집안의 명예를 위해 노력하겠다고 약속을 드리고, 다짐을 했다.

나는 안성부원군 이숙번의 28대 좌사랑중공파(訓導공파-옥계파) 손이다. 더구나 멀리는 당나라 시선 이태백의 후손이란다. 뿌듯하고 행복했다. 나의 뿌리가 박혀 있는 안성을 처음 찾아서 많은 것을 직접 확인하고, 문중 사람들로부터 많은 정보를 얻고, 혈통에 대한 자부심을 갖게 되었다. 더 여유가 생기면 다시 안성을 찾고, 수원에 있는 이숙번 할아버지의 묘소도 찾아가고 싶다.

돌아오는 길에는 안성 이씨의 후손으로 이제는 집안의 명예도 생각하며 열심히 글을 써서 세상에 착실하게 내놓으리라 더욱 다짐을 해 보는 값진 날이었다.

이숙희

봄날, 내가 쓴 편지

여린 촉이 콧등을 훑고 달리는 길은 투명하다
나무의 정강이에서 눈을 뜬 잔가지를 너무 빨리 잘랐나
실눈 같은 눈물이 새어 나온다
새끼손가락의 손톱 같다
나무가 움트는 속도와 손톱이 자라는 속도는
일정한 간격을 가진다
식물성이 강한 손톱
설거지하는 시간에도 자라고
걸레를 빨거나 빨래를 할 때 가속도가 붙는
벅벅 머리를 긁적이거나 가려운
등을 긁어줄 때 혹은 방바닥의 머리카락을 집을 때
버린 것들이 알지 못하는 사이 어떤 맥락을 갖추는 일처럼
봄은 누구로부터 잊혔던
기억의 재생이다

퍼질러 앉아 손톱을 자르듯 제 몸의
수십 배 먼 길을 돌아 달려가는
봄은 꽂히는 족족 꽃이 되기에 좋은 날이다
젖몽오리 앓는 천지가 산란하듯
무엇이 되고자 쓰던 단어들이 부엌을 빠져나가
어떤 풍경에 흡수되려면
불확실한 것에도 몸을 던져야 한다는 것을,
살 무른 곳에서 터진 가지들이 몸을 사리지 않는 것도

존재에 대한 확신이다
겨울 지나 봄이 저렇게 괄약근 조이듯
내가 쓴 편지가 가 닿는 지점으로부터 분홍의
소식을 물고 올 어느 날
기다리는 내가 문득 그리워진다

어머니의 잠

　늘 새벽잠을 설치시는 당신 대문을 활짝 열고 댓돌의 신발들을 나란히 놓으며 아침을 준비하시던 그 모습을 오늘은 볼 수 없군요 너무 힘들어 별을 헤이는 중리려니 생각했습니다 둥근 원형의 달처럼 강을 건너 우주를 몇 순배 돌아 깊어지는 기다림을 알라시는 듯 새벽은 희끗합니다 그것이 슬프고 애달파 우리는 당신의 침상에 앉았습니다 그럼요 당신이 가신 그날에 찍은, 체온을 그대로 두고 떼잔디만 수북이 얹었습니다 흐린 새벽입니다 뜨신 쌀밥에 고깃국으로 둘레상을 차려주던 당신의 손길이 느린 하늘의 구름을 이고 한 점을 통과하는 중인지 우리는 까마득한 터널에서 방향도 없이 헤매며 삼베옷과 수질을 챙깁니다 누가 알았겠습니까 얼른 일어나라며 흔들어 깨울 당신의 손이 방금 엉덩이를 스치며 느린 잠에 취한 우리의, 혼몽한 꿈은 세상 이쪽과 저쪽을 두리번거리지요 당신의 팔을 베고 누운 아기가 태양의 주기율처럼 풀밭을 헤맬 때 당신의 미소는 오롯이 한 가지뿐입니다 팔베개를 하고 자장가를 불러주며 젖을 물리던 젖가슴이 말라 커튼이 된 때도 세상이 너무 두꺼워 천지분간을 모르던 시절을 잘 넘겼다고 등 다독이던 체온이 아직 남은

　남행열차를 타거나 서해안 고속도로를 지나 선암사나 범어사 어디쯤에 당도할 풍경 소리가 마른 숲길에서 바스락거리듯 우리는 늘 당신의 세상을 들이마시기만 했지요 느릅나무 울타리가 저렇게 뻗어가듯 당신은 목을 늘이고 땀이 맺히며 굽은 허리를 가끔 펄 때조차 아까운, 하늘

빛 웃음이 아직 선잠에 들었을 미소를 바라보시며 허공에 커다란 우물
을 만든 덜컹거리는 우리의 자책을 눈치 채셨는지요 당신의 보료에 턱
을 괴고 깨어나지 않는 손을 잡고서 당신이 스친 잠의 빛깔이 또 한 점
을 치고 지나는 것도 무심히 놓치고 마는

옛날 다방

비 오는 어느 날 당신과 내가 만나
어떤 의미를 부여하지 않았던 것처럼
한 잔의 커피를 앞에 두고 빗소리에
후르르 젖습니다
커다란 액자에 꽃 한 송이 자지러지기도 합니다
묵직한 것들이 한쪽으로 쏠려 자우룩 잠길 때도 있습니다
저도 몰래 한 소식을 물고 물결이 흔들리듯 찰랑
액자의 정물이 되기도 합니다
침묵하다가 홀짝
창 밖 내다보다가 홀짝
홀짝 홀짝 홀짝이
당신을 보고 자꾸 곁눈질하는 그 사이에 놓인
옛날 다방이 있습니다
인사동 뒷골목
콘크리트 낡은 단층 건물에는 아직도
한복을 곱게 입고 입술 붉게 칠한
오동통한 나이 든 여자가
날계란 하나 동그랗게 띄운 모닝커피가
한 물결을 거스른 살짝 웃음이
손 뻗으면 만날 수 있는
추억의 간격이 문득 그리움을 그립게 하는
커피 한 잔이
그 사이에 놓여 있는 시간입니다

그렇습니다 향기는
아련한 우연을 수평에 놓고 바라볼 수 있는
리필이 되지 않는 어떤 시절에는
시작도 끝도 여백으로 남는
옛날 다방이

"국가대표" 하늘을 날다
―영화 〈국가대표〉를 보고

TV를 통해 개봉작에 대한 기대를 가졌던 것은 사실이지만 스키 점프라는 다소 생소한 소재에 대한 흥미와 모호한 주연급들의 어울릴 것 같지 않은 뒤섞임 때문에 기대 내지 엉뚱 발랄의 코믹을 기대하면서 오랜만에 한번 웃어 보자고 갔는데 의외의 감동에 눈물만 찔끔 흘리고 만 영화 그것이 〈국가대표〉이다.

네 명의 선수들, 그러니까 배경은 전라북도 무주, 동계올림픽 유치를 겨냥 임시방편으로 급조한 네 명 아니 다섯 명의 선수들이 펼쳐가는 코믹하면서도 울컥하고 울컥하면서도 실실 웃게 하는 가슴 아리고 짠하며 찌릿한 감동을 안겨주는 영화가 바로 이 영화다.

이 영화는 고통과 상처가 있는 구겨진 인간들의 집합체를 통해 그 상처를 망가뜨리고 부시며 다시 꿰매고 어루만지며 각자의 고단한 삶을 일궈가면서 동시에 남의 상처에 내 상처를 덮으면서 서로의 아픔을 다독이는 인간의 따스함을 느낄 수 있는, 꿈을 향해 나아가는 선수들의 삶을 리얼하게 보여준 영화로 누구에게나 친근하게 다가갈 수 있고 또 스키라는 대중적이지 않은 소재를 통해 대중에게로의 접근을 시도했다는 점이 바로 우리에게 시사하는 점이다.

　주인공으로는 미국에서 자란 전 주니어 알파인 스키 선수인 입양아 차헌태(하정우)가 자신을 버린 고국의 친어머니를 그리움 반 원망 반으로 20여 년 만에 찾으러 왔다가 스키 코치인 방코치(성동일)에게 포착된다. 그는 불만스럽고 완력적이며 엉뚱한 구석이 있으나 위트도 있는 제법 실력도 갖춘 선수들의 주장격 역할을 한다. 방코치는 전직 어린이 스키교실 강사로 국가대표팀의 엉성한 코치로 출발하지만 점차 열성적이고 진지한 선수들을 보면서 감동을 받은 후 그들의 후견인으로 또는 코치로 인정스럽고 군림하지 않는 인간미로 선수들과 생사고락을 함께하게 된다. 한편 나이트클럽의 웨이터이면서 폼생폼사인 바람둥이 홍철(김동욱)은 여자 없이는 하루도 못산다고 기염을 토하며 여자들 주변을 약삭빠르게 질주하는 거칠고 깡이 센 그러나 귀엽고 발랄한 말썽쟁이로 코치의 딸에게 혹하여 여기에 합류하면서 차헌태를 자신의 경쟁상대로 생각하고 시비조로 팡팡 덤비면서 달려들지만 제대로 한번 이겨보지도 못하는 과거 청소년 스키대회에서 상도 받았으나 약물사건으로 취소되는 전적을 가진 인물이다. 칠구(김지석)는 언뜻 보기엔 모자란 듯한 동생 봉구(이재응)와 할머니를 보살펴야 하는 한 집안의 가장으로 주인공들 중에서 가장 반듯한 청년으로 매사에 진지하고 성실하다. 재복은 매일 숯불만 피우면서 아버지의 식당에서 구박을 피해 집을 빠져나오고 싶어 하던 차 팀의 맴버가 되어 자신의 기량을 맘껏 발휘하며 최선을 다하며 자신의 삶을 원하는 방향으로 잘 이끌어 간다. 칠구의 동생 봉구(이재응)는 아역 배우로 개성 있는 연기를 통해 관객들을 사로잡으며 종횡무진 엉뚱 발랄하고 천연덕스러운 그러면서도 약간 모자란 듯한 자신들의 캐릭터를 가장 편안하고 우스꽝스럽게 보여줌으로 아마 이 영화의 감동을 배가시킨 인물로 이 영화를 통해 더 많은 팬들을 확보했으리란 기대를 가져 본다.

이와 같이 별 볼일 없는 비루한 변두리 퇴역 선수들로 짜여진 허접한 모습이 바로 국가대표의 주역들이니 이 짜임으로 대체 무엇을, 어떻게, 펼쳐 보일 것인지 자못 의아스럽지만, 영화는 영화다 라는 공식이 이래서 흥미를 더한다는 것인지,

국가대표 배우들은 실제 국가대표 선수들과 함께 3개월의 합숙 훈련을 통해 기초체력 훈련부터 장비적응 훈련, 스키집중 훈련 등, 국가대표 선수들의 훈련 방법 그대로 일대일 트레이닝을 받으며 강도 높은 훈련을 했으며 선수들의 내면적 고통과 훈련의 어려움, 꿈과 도전에 대한 부담, 어려운 여건에 대해 이해하고 공감하며 소통하는 과정을 배우게 된 기간이 매우 감동적이었음을 시사하기도 했다.

스키점프의 경기 장면은 너무나도 사실적으로 그렸으므로 실제 경기를 보고 있는 듯 착각을 일으키기에 충분했다. 국내뿐만 아니라 독일의 오버스트도르프 스키점프 월드컵을 찾아 대회 비주얼과 방대한 스케일, 현장감 있는 스키대회 장면과 뜨거운 함성, 고조된 관중의 열기 등 절묘한 스키점프의 공중회전을 통해 짜릿한 스포츠의 참맛을 맛볼 수 있었고 실제로 스키대회 장면을 영화에 그대로 삽입한 듯한(세계 각국의 선수들이 총출동해서 촬영했다고 함) 그래서 관객을 흡입하기에 충분한 장면들이 곳곳에 산재되어 경기 매순간 순간을 긴장감을 고조시켰으며 긴박감과 아찔한 장면들로 완벽한 스릴과 감동을 안겨준 영화이다.

세계스키점프대회에 참여하기 위한 피나는 노력과 훈련, 어려운 여건에서도 굴하지 않는 도전 정신, 국가대표 선수임에도 아무도 관심조차 보이지 않는 소외된 선수들의 삶과 인고의 세월을 넘어 겨우 마련한 비행기표로 흥분과 기대와 걱정과 안쓰러움으로 떠나는 그들, 이름 없는 나라 선수들의 등장은 의아함 반 호기심 반 놀림 반으로 별 호응을 얻

지 못하지만 경기가 시작되면서 그 경기장의 분위기를 완전 제압하기
에 이르는 장면은 바로 첫 주자면서 새로운 나라의 새로운 인물들의 활
약은 놀라움과 감동과 환희와 기대감으로 또는 탄성과 호응과 격려와
격찬을 자아내며 동방의 작은 나라 코리아에 대한 호기심과 응원을 받
아냈으며 지금도 그렇듯 스포츠에서는 여전히 심판들의 장난질이 난무
한 속에서 짙은 안개 속으로 몰고 가는 무리한 경기 운영으로 부상을 당
하는 칠구, 결승 진출이 좌절된 순간 늘 선수들의 곁에서 어려운 훈련
을 지켜보며 혼자서 연습하던 칠구의 동생이 형 대신 결승에 진출하면
서 그 감동은 한층 고조된다. 형 대신 나가서 멋지게 성공하리란 생각
도 잠시 점프대에 선 봉구는 무섬중으로 사색이 되지만 설득과 협박 선
수들의 충동으로 멋지게 회전하면서 많은 관중들로 하여금 새로운 기
대를 모으게 되는 순간 장엄한 순백의 눈밭이 아련하게 펼쳐지고 마지
막 착지를 안타깝게 만드는데 아찔, 미끄러지면서 모두의 기대를 경악
과 절망과 아찔함과 아쉬움으로 몰아간다. 응원을 해 주던 각국의 안타
깝고 놀라운 표정들을 보라, 그 충격이 동시다발로 퍼지면서 아쉬움과
안타까움이 관중들의 가슴에서 가슴으로 전류처럼 찌르르 울리는 장면
이라니,

김포공항에 돌아오지만 메달을 따지 못한 선수들은 찬밥 신세 아무에
게도 환영받지 못한 우리의 현실을 잘 반영해 주는 장면이 아닐 수 없
다. 메달을 딴 선수들의 환영과 교차하면서 따스한 시선 한번 받지 못
한 이들의 휑뎅그렁하고 쓰린 가슴앓이 뒤의 썰렁한 곳에서 헌태는 돌
아서는 어머니의 뒷모습을 보았다. 외소하고 초라하고 불쌍한 어머니
의 모습을,

새로운 각오와 목적 곧 헌태는 어머니가 살 전세금을 칠구는 동생과
할머니를 위하여 재복은 단란한 가족과 아기를 위하여, 다시 스키장에

모인 선수들은 자신들의 목표를 향해 다시 뭉치며 도전을 하기로 결심하는데서 이 영화는 끝을 맺는다.

여기에서 우리는 무엇을 느끼고 무엇을 공유하며 무엇이 진정한 삶이고 무엇이 진정한 스포츠 정신인지를 느끼게 되면서 알싸한 감동을 얻게 된다. 모든 영화가 그렇듯 보는 이들로 하여금 어떤 메시지를 어떤 방법과 어떤 방향으로 이끄느냐가 이 영화를 만든 김용화 감독이 제시한 메시지일 것이고 또한 이 영화를 보는 관객의 관점일 때 뻔한 스토리를 뻔하지 않는 스토리로 엮어나가는 김용화 감독의 스케일 큰 내공을 읽을 수 있으며 감동과 희열을 맛보는 참맛을 느끼게 되는 것이다.

이 영화는 실제 우리나라 스키 국가대표 선수들의 실화를 바탕으로 만들어졌으며 열악한 환경과 그 힘들고 어려운 여건에서도 굽히지 않는 용기와 인내 좌절과 고통에 대해 느낄 수 있는 장면들을 통해(힘든 아르바이트로 생활비와 훈련비 충당, 기운 점프복으로 출전, 스프링 쿨러가 고장나면 고무 호스로 물을 뿌려가며 연습하고) 이들의 힘들고 고달픈 선수생활을 느낄 수 있었으며 그럼에도 2003년 타르비시오 동계 유니버시아드 개인, 단체전 금메달, 아오모리 아시아 단체 금메달, 2007 토리노 유니버시아드 개인, 단체 은메달, 2009년 하얼삔 동계 유니버시아드 개인, 단체전 금메달을 석권했다는 사실을 상기하면서 이 영화를 통해 스키 국가대표 선수들에 대한 지원과 스키점프가 더 많은 관심이 꽂히길 기대해 본다.

감동은 늘 가능하지 않을 것 같은 곳에서 가능성을 보여주는 바로 거기, 우리가 존재하듯 감동을 만나기 때문이다.

이태규

- 샤피니아
- 마늘
- 미궁여행

샤피니아

사무실 앞
보도블록에 찰싹 달라붙은
바랭이 풀포기 틈 사이에
강인하게 버티는 샤피니아
아메리카에서 건너와
전신주 장식용으로
매달려 있던 샤피니아
의구심으로
내려다보기만 하던 땅에
용기로 내려앉아서
마디마다 가녀린
빨간 꽃송이 피워낸다
낯설은 흙 냄새
햇살도 물도 설은
블록 틈에 뿌리 내린 화해
사람들은 문 앞의 잡초를 보고
빈집 같다며
모두 뽑아버리라고 말한다
한세상 살아 보겠다고
자손만대 살아 보겠다고
나는 그를 뽑아버릴 용기가 없다
무심코 밟아버릴
사람들의 발길을 지킬 뿐이다
이 땅에 시조가 되겠다는
샤피니아를

마늘

처마 밑 허공에 마늘
한 접 걸려 있다
바람이 속살까지
파고들며 물기를 짠다
쪼글쪼글한 몰골이
할멈을 닮았다
파종 때가 되자
말라버린 줄기까지 헐렁하다
마늘들이
허공 위에 싹을 틔운다
누군가의 손길을
간절히 기다리며
바싹 마른 할멈이
허름한 마루 위에 누워 있다
숭숭 뚫린 흙벽에는
보리 싹이 자란다
할멈도 땅에 심으면
새싹으로 자라날까

미궁여행

사람들은 누구나 한번쯤
어디론가 훌쩍 떠나고 싶을 때가 있다
아무도 없는
깊은 산도 좋고
파도가 울렁이는
푸른 바다도 좋고
말이 통하지 않는
오지라도 좋다
옷 한 벌에 단벌 구두
얼굴 닦을 수건 하나
배낭에 쑤셔 넣고
챙 넓은 모자 하나 눌러 쓰고
세상 걱정 모두 털어버리고 싶다
떠난다고 해도
떠났다고 해도
아무도 말하지 않았으면 좋겠다
아무에게도 나는
홀로이기를 말하지 못한다
얽히고설킨
세상 밖으로 여행을 떠난다

임만근

꽃에게

마음이 아프거든
마음을 닫아버려라
그 누군가 미워지거든
가슴 아리도록 미워하라
울고 싶거든
눈물샘이 마르도록 울어버려라

그리고 생각해 보라
무엇이 남나 그 작은 흉강 속엔

그리고도 아프거든
그리고도 마음 삭지 않거든
그리고도
엉엉 소리쳐 울고 싶거든
일그러진 네 얼굴을
한 번 뚫어지게 들여다보라

들리지 않느냐
너는
그 누군가로부터 사랑 받고 있다고
꽃은 울고 싶어 꽃을 피운다고
사분대는 바람 소리

사는 건 아프단다
아픔을 벗기 위해 사는 거란다
그 가문 날도 너는
사랑하고 미워하고
시기하다 용서하고

휴휴암에서

그곳에선 모두
자기 집을 짓는 보살이 된다

불타가 무어냐고
해탈과 자비를 누가 묻지 않아도

더~어엉 울리며 굴러 내려오는
범종 소리와,
수평선 자락을 밟고 스멀스멀 부는
바람과,
싱그러운 동해의 파돗소리가
답해 주고 간다

휴휴암에 발 내려놓자 바닷가의
너럭바위는,
제 마음속 가진 것
쟁그랑거리며 소리나는 것
마음속 의문도 두지 말고 배낭마저
내려놓고,
다 내려놓고 쉬었다 가라 한다

이름 모를 바닷물고기들
맑은 물속 유유히 노니는 모습에서

나도 덩달아 말개진 눈
불자도 아니면서 기묘한 사색에 이끌려
날아갈 듯,
너럭바위 위 내 집을 짓는다

불타가 밟고 간 움푹 패인 족적 따라
얼마나 돌았을까
강원도 양양군 휴휴암 갔다
바리때 하나 들고 온 사람들

구멍

가슴 한복판 뻥 뚫린
구멍
무엇으로도 가득 메우지 못한다

좀체 솔아들지 않는 욕망
스스로를 갉아먹는 존재임을
알면서도 굳이
수없이 던진 돌들

날마다 나는 불구덩이에
즐거운 마음으로 텅벙텀벙,
시퍼렇게 눈뜨고 뛰어든다

생의 밤바다, 날아드는 파도에
꽂히는 아픔의
파편들이 일상의 그 구멍
비계를 세우며
채워준다

아프지 않고는 채울 수 없는
나를 만드는 그 구멍

강가에서

　아마도 고향이 없는 사람은 없을 게다. 몇 년 동안 고향을 떠나와 살다 보면 그립지 않은 사람도 없을 게다.

　나도 예외는 아니다. 북녘땅에 고향을 둔 실향민들이나 수몰되어 고향을 잃은 사람들은 오죽하랴. 갈 곳이 없는 그들은 북녘땅을 향해 망향제를 올리거나 수몰 지역을 바라볼 뿐, 하지만 나에게 있어서의 그리움은 빛깔과 감정이 사뭇 다르다. 맘만 먹으면 금방이라도 단숨에 달려갈 수 있는 길, 그 천릿길도 이젠 지척인데, 고향을 떠나온 지 43년을 지났건만 그간 다녀온 것은 손꼽아 열 번도 안 된다. 그야말로 나에겐 있으나마나한 그리움의 존재일 뿐, 한마디로 나는 참 매정한 사람이다.

　눈만 감으면 바로 눈앞에 선히 흐르는 남강물, 백옥같이 희고 맑던 백사장, 가을걷이가 끝나고 보리가 파릇파릇 좀 자랐을 무렵, 해마다 떼지어 날아오던 까만 갈가마귀 떼들, 보리밭에 앉아 그 푸른 보릿잎을 뜯어먹을라치면 벼락같이 달려가 쫓곤 하던 기억들이 동공을 후벼 파고들건만 그때마다 나는 시간 없다는 핑계로 스스로 내 그리움을 지워버리곤 했다. 잊히지 않는 것이 또 있다. 해질 무렵, 석양이 불긋노릇 익어갈 시각 강가에 떼몰려 내려와 앉아 귀 따갑게 울어예던 그 까만 갈가마귀 떼들 못지않게 잊히지 않는 것은, 여문 겨울이 채 가기도 전 푸</p>

드득, 물을 차고 날아오르던 남강의 청둥오리 떼들이다. 그 오리 떼들도 다 어디로 갔는지 보이지 않는 아침은 더욱 쓸쓸함을 더해 주었다.

고향이 서울 같은 대도시든 인적 뜸한 산골의 오지이든 다 고향은 고향이다. 그래서 고향은 그리움이다. 살가운 그리움이 있는 법. 내게도 남다른 추억이 내 가슴속 깊숙이 살아 있어 긴 강둑을 따라 펼쳐진 청청한 대나무 숲을 그려 본다. 대나무 숲이라면 ‘籦’ 자가 생각난다. 20일 밤 대나무 숲으로 나오라는 뜻을 가졌다는, 연서 끝에 적어 넣곤 한다는 그 ‘籦’ 자를 왜, 그때 나는 한 번도 써먹지 못했는지 아쉬움이 머릿속을 스치고 지나갔다. 내게도 잊지 못할 여인이 있긴 있었는데. 아무튼 고향이란 대대손손 물려주어도 손색없는 귀중한 가보 같은 것임엔 틀림없으리라. 잊을래도 잊을 수 없는 것이 고향 아니던가. 마침 그날 고향땅을 밟고 처음 찾은 곳은 바로 그 강가였다.

강가를 따라 옛 기억을 더듬으며 걸었다. 어디에도 고향의 체취는 느껴지지 않고 이방인같이 낯설기만 했다. 강둑엔 바싹 마른 코스모스 빈 꽃대만 바람에 몇 낱 흐느적거리고 있었다. 나는 왈칵 눈물이 났다. 그만 그간 참아온 눈물주머니가 찢어져 내렸다.

이렇듯 고향은 나를 참혹하리만치 슬프게도 만드는 것. 너무나 훌쩍 변해버린 시가지며 높다른 건물들, 오히려 나를 외로움으로 몰아넣었다. 한가윗날 덩덩 북을 치며 소싸움 열을 올리던 그 강가에선 아직 때가 아니지만 나에겐 더할 수 없는 슬픔을 안겨주고 있었다. 강자락을 바라보자 두 가지 언뜻 생각히는 것이 있었다. 낮엔 흔히 볼 수 있었던 광경, 촉석루 앞을 지나 한참을 거슬러 올라와 얕은 물에서 엉덩이까지 오는 검은 장화를 신고 자갈을 줍던 그 나룻배가 보이지 않았고, 언뜻 스치고 지나가는 밤을 생각해 보았다. 어린아이나 어른이나 할 것 없이 낮엔 빨가벗고 알몸으로 강에서 목욕을 했던 시절, 밤이면 남자 눈을 피해 야음을 틈타 여인들이 강으로 나와 어둠 속에서 목욕을 하곤 했던 시절이 있었다. 그날도 나는 파르스름한 반딧불을 달고 날던 반디를 쫓으며 엄마 뒤를 살금살금 뒤쫓아가 그만 일을 치르고 말았던 것이다. 빨가벗고 여인네들 틈에 끼어들어가 어린 오리새끼마냥 풍덩거리며 물속을 기어다니다가 그만 숨이 차서 불쑥 얼굴을 내민다는 것이 바로 어느 여인의 다리 사이를 빠져나와 젖가슴 앞이렷다. 아이쿠, 나살려라 하고 도망쳐 나왔던 기억이 문득 났다. 실없는 웃음이 살짝 입가로 스치고 지나간 것도 잠시, 저기 맞은편 강 건너 높은 자락에 홀로서 있는 서장대를 바라보았다. 동갑내기 친구와 함께 거의 무릎까지 빠지는 폭설을 헤치고 두어 시간 남짓 걸어서 그곳까지 간 기억이 났다. 다리도 아픈 줄 모르고 시린 두 손을 호호 불며 열심히 걸었던 기억이 생생했다.

고향은 아픔이며 그리움인가 보다. 무엇보다 가슴 아픈 것은 다들 어디로 이사를 갔는지 아무도 나를 알아봐 주는 사람이 없다는 것. 막내 누님 집을 찾지 못해 헤매던 일이며, 어디에도 어머니 아버지의 체취를 찾아볼 수 없다는 것, 온기라곤 하나도 느낄 수 없는, 나 태어나 살던 집도 없어지고 발 냄새가 밴 마을이 다른 모습으로 변하여 정녕 낯선 곳이 되어버린 것, 어머니의 목소리가, 까맣게 쪼그라진 얼굴로 살풋 웃으시던 어머니의 그 미소가, 우거졌던 야트막한 동산의 나무들이 베어지고 없어 이제 더는 그렇게도 맑은 목소리로 노래하던 꾀꼬리 소리도 들을 수 없다는 것이 나를 한없이 슬픔에 잠기게 했다. 어디에도 고향의 모습은 찾아볼 수 없었다. 서장대 아래로 강을 가로질러 긴 다리가 하나 놓여져 있고, 그 다리 위로 아침부터 할딱이며 트럭과 승합차들이 내 고적함과 아픔을 싣고 급변하는 세상만큼 신나게 내닫고 있었다.

임윤식

- 자유
- 아, 하늘나라도 보이네요
- 두륜산, 당신은

〈산문〉
- 산은 왜 오르는가?

자유

팽팽한 끈 하나에 나를 맡긴다
목숨을 지탱하고 있는
자일과 하네스
손을 놓으면 바로 거기가
아득한 저승길이다

날카로운 바람
암벽을 치고 밀려와
나를 흔들어 본다
아직은 밀려날 수 없는 내 자유
당당히 버틴다

진정한 정상은 어디인가
하늘에 걸린 봉우리
그곳에 오르면
다시 오르고 싶은
또 다른 정상

바위끝에 앉은
나비 한 마리 저 혼자 외롭다
날아라 날아라
더 이상 오를 곳이 없는
마지막 하늘끝까지

* 하네스 : 허리에 차고 자일을 거는 안전벨트.
* 도봉산 선인봉 암벽등반을 하면서.

아, 하늘나라도 보이네요

세상살이 어렵고 삭막하다 하지만
그래도 찾아보면 깊은 산 푸른 숲
감로수가 흐르는 계곡
모든 시름 잊고 찌든 마음 씻어낼 수 있는
그런 세상이 있지요
두타산 무릉계곡이 그렇지요

반석 위에 누워 잠시 눈을 감으면
수천길 바위 절벽 위에서
학이 날갯짓하는 모습이 보이지요
하얀 물줄기 쏟아지는 폭포 아래 용소에는
선녀들의 옷 벗는 소리
재잘거리는 소리도 들리고요

아, 하늘나라도 보이네요
끝이 보이지 않는 수직계단을 기도하듯 한참 오르면
또 다른 별천지 천상의 문이 열려 있지요
신선들이 바위에 앉아 시를 읊고
천년 거북이가 하늘을 날지요

그래서 오늘도 난
꿈길을 따라 어디론가 떠나지요

마음 한구석 어딘가에 이런 세상이
아직은 남아 있기 때문이겠지요

* 무릉계곡 : 강원도 두타산, 청옥산 자락에 있는 깊은 계곡. 중국 고사에 나오는 '무
릉도원' 처럼 아름답다 하여 '무릉계곡' 이라는 이름이 붙여졌으며 1977년 국민관광지
제1호로 지정되었음.

두륜산, 당신은

땅끝 해남에 누워 있는
당신을 찾아가는 길은 참 먼길이었습니다
내 마음 어딘가에서 보일 듯 말 듯
당신은 그동안 그렇게
내 그리움의 끝자락에 있었습니다

오늘 처음 본 당신
아, 당신은 한마디로 거친 야성이었습니다
언젠가 런던 하이드 파크 뒷골목에서
검은 탱크처럼 다가와 말을 걸던
그 흑인 여인이었습니다

발 아래에는 수많은 연꽃들이 출렁이고 있었어요
난 억겁의 바램으로 솟아오른
쓰나미 파도를 타고 있었지요
감히 쉽게 다가갈 수 없는 당신은 진정
황홀한 유혹이었습니다

산은 왜 오르는가?

인간이 산다는 것은 무엇일까? 쉽게 대답하기 어려운 질문이다.

내 나름대로 이를 풀이해 본다면 '도전을 통한 성취' 가 아닐까 생각된다. 끊임없이 다가오는 새로운 세계, 그 길은 쉽게 갈 수 있는 길도 있고 큰 고통을 감수하면서 이겨내지 않으면 안 될 가시밭길도 있을 것이다. 이중에서도 특히 어려움을 헤치고 이루어나가는 과정, 그 길이 삶의 가장 소중한 가치가 아닐까 생각해 본다. 시행착오의 과정을 통해 올바른 길을 알게 되고 미지의 세계에 대한 도전을 통해 성공의 참맛을 즐기고 한 걸음 더 앞으로 나갈 수 있는 것이 삶의 보람이 아닐까 싶다.

난 근년 들어 산을 자주 찾는다. 주말이나 휴일에는 거의 산을 오른다. 몇 년 전부터는 또 나이에 걸맞지 않게 암벽등반도 즐기도 있다.

산을 오르면서 다리가 천근 만근 무거워지고 심장이 터질 듯 아파올 때, 깎아지른 암벽에 매달려 삶과 죽음의 경계를 타고 오를 때 내 자신에게 자문하는 경우가 종종 있다. 도대체 산은 왜 오르는가? 내가 왜 이처럼 힘든 고통을 스스로 선택했는가? 내 경우 산행 초기에는 주로 건강관리를 위해서 등산을 시작했다. 아마 대부분 주말 등산객들의 경우에는 나와 마찬가지 이유로 등산을 즐긴다고 봐야 할 것이다.

그러나 목숨을 잃을지도 모르는 위험한 암벽등반이나 세계 8천 미터급 고봉을 오르는 경우는 어떨까? 건강관리를 위해 목숨을 건다? 그건 아닐 것이다. 성취를 통한 자기만족을 위해서? 아마 그럴지도 모른다. 끊임없는 도전을 통해 자신의 능력을 시험하고 성취의 기쁨을 맛보기 위해서인지도 모른다. 또한 대자연의 위대함과 장엄함을 몸소 느끼고 두려움과 겸손을 배우기 위한 것일지도 모른다.

2009년 7월 12일, 우리나라의 대표적인 여성 산악인 고미영 씨가 히말라야의 낭가파르바트 정상(8,125m) 등정 후 하산 도중 1,500m 계곡으로 추락, 사망했다.

고미영 씨의 꿈은 '히말라야 14좌 완등' 이었다. 그녀는 2006년 초오유(8,201m) 등정에 성공한 후 2007년 에베레스트(8,850m) 등 3개 봉, 2008년 K2(8,611m) 등 3개 봉을 올랐고, 2009년에는 이번에 사고가 난 낭가파르바트 등 4개 봉을 올라 이미 8천 미터급 11개 봉을 완등한 상태였다.

히말라야 14개좌 완등은 23년 전에 이탈리아의 라인홀트 메스너가 최초로 그 꿈을 이뤘다. 메스너에게도 낭가파르바트는 '뼈아픈 산' 이었다. 1970년 함께 정상을 밟고 내려오던 동생이 코앞에서 산사태에 묻혀버린 곳이다. 메스너는 그런 아픔을 딛고서 86년까지 히말라야의 나머지 13좌를 모두 올랐다.

누군가 메스너에게 물었다. "등반이 무엇인가?" 메스너의 답이 걸작이다. "등반은 죽음과 맞서서 얻는 깨달음이다." 결국 메스너가 찾던 것은 '산' 이 아니라 '인간' 이었다. 그는 "나는 그저 자연의 최고 지점에서 자신을 체험하고 싶었다."고 말했다. 그렇게 내면의 나와 마주하는 순간을 메스너는 '하얀 고독' 이라고 불렀다. 그에게 히말라야 등반은 '자신의 존재 찾기'였다.

"왜 나는 정상에 가지 않고선 못 견딜까."라고 스스로 묻고선 "정상이란 산의 꼭대기가 아니다. 하나의 종점이자 모든 곳이 모여드는 소실점, 결국 세계가 무(無)로 바뀌는 곳"이라고 고백하기도 했다. 그건 구도자의 고백과 무척 닮았다. 인간이 신을 만나는 '점'이 바로 히말라야의 꼭대기란 얘기다. 그럼 고미영 씨는 어땠을까. 그가 찾던 건 '산'이었을까, 아니면 '인간'이었을까. 나는 또 어떤가. 감히 메스너나 고미영 씨에 비길 바는 전혀 못되겠지만 어쨌든 내가 오르고자 하는 산과 암벽은 '산 자체'인가, 아니면 인간으로서의 '나 자신'인가?

필자는 몸담고 있는 잡지 취재를 위해 고미영 씨가 사망한 다음날 엄홍길 산악인을 1시간 가량 단독 인터뷰한 적이 있다. 엄홍길 씨는 이미 히말라야 14좌는 물론 세계 최초로 16좌 등정에 성공한 전설적인 산악인이다.

2000년도에 아시아 최초, 세계 8번째 히말라야 8,000m급 14좌를 완등하고, 다시 2004년에는 얄룽캉 8,505m, 2007년 로체샤르 8,400m 완등으로 히말라야 16좌 등정에 성공한 바 있는 엄홍길 씨는 "신들의 거처 히말라야에 들어설 때마다 나는 이승과 마지막일지도 모른다는 두려움에 부르르 몸서리친 적이 한두 번이 아니었다. 허지만 그때마다 내 청춘의 알 수 없는 힘들은 나를 히말라야의 정상으로 이끌었다."고 술회하면서, "그곳은 인간의 영역이 아니고 신의 영역이다. 내가 16좌 등정에 성공한 것은 기적이다. 나는 신이 있다고 믿는다."고 말했다.

그는 또 "서른여덟 번 히말라야를 오르면서 겪었던 수많은 위험과 고비를 생각하면 사실 나는 죽은 목숨이나 다름없다. 그래도 난 히말라야를 오르고 또 올랐다. 나의 눈물이, 나의 열정이, 나의 도전이 히말라야와 하나가 될 수만 있다면 난 멈추지 않고 전진을 외쳤다. 영영 걷지 못한다 해도, 돌아오지 않는 영원한 산사람으로 그곳에 묻힌다 해도 난 산에서 등을 돌릴 수 없었다. 그리고 결국 난 꿈을 이루고야 말았다."고 말했다.

엄홍길 씨의 그 영광의 기록 뒤에는 수많은 실패가 있었고 죽을 고비도 셀 수가 없었다. 이틀 동안 히말라야 고봉에서 비박으로 눈 속에 갇혀 있기도 했고, 1992년 낭가파르바트 원정 때는 동상에 걸려 오른쪽 엄지발가락 한 마디와 두 번째 발가락 일부를 잘라내야 했다. 강풍에 몸이 날라가 죽을 뻔한 일은 부지기수이고, 친형제나 다름 없었던 셰르파들의 죽음, 같이 원정을 떠났던 대원들의 실종 및 사고사. 16좌 등반 도중 그는 무려 10명의 동료를 잃었다. 이처럼 히말라야 고봉들은 그에게 인간의 한계를 시험하는 혹독한 시련을 안겨주었다. 1998년 네 번째 시도한 안나푸르나 등정길에서는 정상을 눈앞에 두고 미끄러진 셰르파를 구하려다 같이 추락하여 오른쪽 발목이 180도 돌아가는 사고를 당해 제 발로 걷기만 해도 기적이라는 선고를 받기도 했다. 그러나 그는 거기서 주저앉지 않았다. 불굴의 의지와 투지로 끔직한 고통이 따랐던 부상을 딛고 일어나 다시 안나푸르나에 올랐고, 이후 낭가파르바트, 칸첸중가, K2, 얄룽캉, 그리고 로체샤르 등에 올라 16좌 완등의 대기록을 세웠다.

엄홍길 씨는 "도전만이 우리를 살아 있게 만들며, 끝없이 도전하는 세상에 절망은 없다."고 말한다. 그는 또 "정상에 '올랐다' 는 결과보다도 '오르는' 과정이 더욱 중요하다."고 강조한다. 그의 고산 등반기록은 1%의 희망으로 99%의 절망을 이겨낸 인간 승리의 이야기이며, 희망의 메시지이기도 하다.

엄홍길 씨의 등반기록을 읽고, 또 직접 듣다 보면, 고도와 악천후, 총알처럼 날아다니는 얼음덩어리 속에서 엄습하는 죽음의 공포, 호쾌한 바위벽과 아찔한 설사면을 기어오르며 느끼는 희열과 감동이 손에 잡힐 듯이 다가온다. 또 인간에게 꿈이 있다는 것이 얼마나 큰 선물인지 실감하게 된다.

그는 산을 오를 때 가장 중요한 세 가지를 열거한다. 팀워크, 정신력, 그리고 겸허함이 그것이다. 절실한 마음, 이루어내야겠다는 간절한 마음이 그 사람을 성장하게 하고 그 의지와 투지가 성공을 이끌어내는데 밑거름이 된다고 말한다. 정신력은 곧 자기 자신과의 싸움이다. 또 정신력은 좋으나 그것이 욕심이 되면 안 된다고 지적한다. 불가능하다고 판단되는 상황에서는 포기할 줄도 알아야 한다고 강조한다.

1924년 에베레스트를 오르다 실종돼 75년이 흐른 1999년에야 시신이 발견된 영국의 등반가 조지 말로리경은 왜 산에 오르느냐는 질문에 "산이 거기 있기에(because it is there)"라는 명언을 남겼다.

엄홍길 씨는 "산을 내려와서 산을 보면 산은 언제나 그 자리에 있고, 산에 오르면 그곳에는 산이 없다."라고 말한다. 우리 범인들에게는 알쏭달쏭한 말들이지만 그 속에는 히말라야의 고봉들을 올라 본 그들만의 깊은 뜻이 담겨져 있을런지도 모른다. "산은 산이요. 물은 물이로다."라고 설법한 성철 스님의 말씀처럼 말이다.

엄홍길 씨는 또 "왜 산을 오르느냐고 묻지 말라."고 말한다. "그것은 정복하기 위해서도 아니고, 영웅이 되기 위해서도 아니다. 두려움과 처절한 고독감을 통해 히말라야가 주는 경지와 정신을 배워 그것을 사람들에게 되돌려 주고 싶은 마음 때문"이라고 말한다. "왜 산에 오르는가"라고 묻는 사람들에게 그는 되묻는다 "왜 사는가"라고, 그는 살아 있는 한 계속 산을 오를 것이라고 한다. 그곳에는 그의 동료들, '물처럼 맑은 영혼과/불처럼 뜨거운 가슴으로/이세상에 잠시/바람처럼 머물고 간 사람(故 박주훈 대원의 추모비 글귀)' 들이 있기 때문이다.

엄홍길 씨는 키가 작은 편이다. 그런데도 그에게서 거인과 같은 엄청난 무게를 느끼는 것은 그의 정신 속에 8천m급 히말라야 고봉들이 함께 있기 때문일 것이다. 말수도 매우 적고 어눌한 편이다. 그런데 그의 얘기를 들으면서 어느 유명 성우의 목소리 못지않게 가슴 뭉클한 감동과 찬사가 터져나오는 것은 그의 말 속에 수십 번의 죽을 고비를 넘긴 영혼의 목소리가 담겨 있기 때문이다. 그의 얘기를 듣다 보면 필자도 엄홍길과 함께 히말라야 16좌를 오르면서 죽음의 공포 앞에 가슴 조이기도 하고 눈보라와 강추위 앞에서 수없는 좌절과 고통을 겪기도 한다. 또 동료를 잃을 때마다 가슴치며 함께 울부짖기도 한다. "히말라야 산신이시여! 나의 길을 열어주소서. 나마스떼!"라고 간절히 기도하기도 하며, 천신만고 끝에 정상을 밟으면 함께 환호성을 지르게 된다. 그리고 무릎을 꿇는다.

평균 5,000m가 넘는 곳에서는 아무것도 자랄 수가 없다. 나무도 풀도 거의 없다. 오직 눈과 바람과 강추위만 있을 뿐이다. 그런데 거의 6,000m 지점에서 피어나는 꽃이 있다. '설연화' 라는 꽃이다. 꽃봉오리를 닫고 있다가 눈이 내리면 봉오리를 연다는 설연화는 눈 속에서 꽃을 피울 때 주변의 눈을 자신의 열기로 녹여버린다고 한다.

엄홍길 씨는 히말라야를 오르는 동안 몇 번 설연화를 보았다고 한다. 그리고 그때마다 함께 안나푸르나를 오르다 먼저 간 지현옥 등 동료 산악인들이 떠올랐다. 히말라야 힌 산을 너무도 사랑했던 지현옥이 '영원한 사랑'이라는 꽃말을 가지고 설연화로 다시 피어났을 것이라 생각했다고 한다. 차가운 땅을 그녀의 온기로 따뜻하게 데우면서 말이다.

엄홍길 씨는 지금 이 시간 어딘가에서 그의 애창곡 〈가버린 친구에게 바침〉이라는 휘버스의 노래를 부르고 있을지도 모른다. 먼저 간 산우들을 가슴에 묻고 심장이 터질 듯 속으로 흐느끼면서…….

하얀 날개를 휘저으며 구름 사이로 떠오르네
떠나가버린 그 사람의 웃는 얼굴이
흘러가는 강물처럼 사라져버린 그 사람
다시는 못 올 머나먼 길 떠나갔다네
한없이 넓은 가슴으로 온세상을 사랑하다
날리는 낙엽 따라서 떠나가버렸네
울어 봐도 오지 않네 불러 봐도 대답 없네
흙속에서 영원히 잠이 들었네

조성순

- 매천(梅泉)을 읽으며
- 느티나무
- 상처(傷處)

〈산문〉
- 달빛 띠고 자맥질하며
  오시는 나그네

매천(梅泉)을 읽으며

국정 교과서
고전 문학사 끄트머리에
누워 있는
황현이라는 이름을 발견하고,
그의 호가 매천이라고 말했을 때
아이들은 낄낄거리며 웃었다
매천이 매춘과 발음이 비슷하기 때문이었을까
을사조약 후
그가 창강 김택영과 중국으로 망명길에 오르다가
여비가 부족해 함께 가지 못했다고 말했을 때
아이들은 배꼽을 잡고 책상을 치며 웃었다
여비가 있어서 망명할 수 있었다면
1910년 그는 죽지 않았을지도 모른다
중국 천하에 문명을 드날렸을지도 모른다
그러나 경술국치를 당한 슬픔에
스스로 목숨을 끊었다고 말했을 때
아이들은 아무도 웃지 않았다
그의 절명시(絶命詩)를 읽어주는 내 목은 떨리고
문득
아이들 사이에 꼿꼿이 앉아 있는 매천의 흰 두루막 자락이 보였다.

느티나무

우리 학교 강익이
얼굴 미끈하고 눈빛 맑은 강익이
그가 하는 유일한 일은
야구방망이 사다 칼로 깎아 부러뜨리는 일
그가 노상 하는 질문은
고속버스 문에 끼이는 것과
전철 문에 끼이는 것 중
어느 게 더 아플까요
아니면
죽은 뒤에도 새로운 세계가 있을까요
생각이 있을까요

우리 학교 선생님들
고속버스나 전철 문에 끼어 보지 못했고
저쪽 세계에 갔다 온 적 없어서
궁색하게 머뭇거리다가
그려, 그려 우리 강익이
다음에 얘기해 줄 게
머리 쓰다듬어 준다

어쩌다가 강익이
세상살이 싫다거나
자살하고 싶다는 말

입에 달고 다닐 때면
강익이 어머니
파래진 얼굴로
산울림 고갯길 숨가쁘게 오르기도 하고

어쩌다가 강익이 화딱지 나
교정의 승용차 발길로 내질러버려도
우리 학교 선생님들
그려, 그려 강익아
하필 차가 거기 서 있는 게 잘못이지
네 잘못이 아냐

그런 밤이면
강익이 남몰래 담벼락 타고 들어와
찌그러진 차를 가만히 쓰다듬어 보고 가는 걸
교정의 늙은 느티나무 한 그루
마른기침하며 바라보곤 한다

상처(傷處)

큰 누야가 떠놓은
대야 위
보름달이 떴다

달은
가만히 물 위에 얼굴을 비추고
울었다

저 먼 나라에서
이곳까지 오시느라
달은 수고로웠다

먼길 떠나
오지 않는 자형

누얀
그날
얼굴을 씻지 않았다

달빛 띠고 자맥질하며 오시는 나그네
—안도현의 동화 『연어』

20여 년 전의 일이다. 그 시절 나는 세파의 물마루 위에 놓인 가랑잎 모양 오가는 방향도 없이 내일의 일을 가늠하지 못하고 하루하루를 살아가고 있었다. 이젠 다른 세상에서 지내시는 시인 이광웅 선생님을 교사문인단체인 교육문예창작회 회장으로 모시고, 그 밑에서 나는 사무국장 곧 상머슴으로 '시와 노래의 밤' 행사를 기획하고, 각 지역의 관계자가 주관하는 진행을 멀리서 지원하면서 전국을 순회하였는데, 첫 번째로 전북에서 그 무대의 장을 열어 성황리에 마치고 안도현 시인 집에서 하룻밤 묵게 되었다.

그와 나는 대구에 있는 모 고등학교 문예반 출신 선후배 관계라 무람없이 지내는 처지였다. 무람없는 건 내 쪽이고 그는 예나지나 쥐뿔도 없는 내게 늘 깍듯하고 따뜻한 사람이라. 그의 딸 유경이가 아직 유치원도 들어가기 전이어서 양변기 사용이 미숙하여 옷을 적시던 모습을 보았는데 벌써 북경대학교 중문학과를 졸업한 지 몇 해가 흘렀으니 해와 달이 지구별을 몇 번이나 어루만지고 지나갔는가.

이런저런 이야기를 나누다가 안도현 시인은 자못 심각한 표정으로 어른이 읽을 수 있는 동화를 쓰고 있다며 미완성의 원고 뭉치를 보여주며,

"형, 이거 괜찮을까요?"

"××아, 산문은 고만두고, 하던 시나 제대로 써라."

잘은 떠오르지는 않으나, 그는 잠시 말이 없다가 머쓱해 하더니 화제를 다른 데로 돌렸던 것 같다.

얼마 뒤 사람의 입에 날고기와 구운 고기가 드나드는 정도로 한 권의 책이 세상을 유랑하며 그 존재의 의미를 물었다. 『연어』였다. 그가 서명한 책이 내가 사는 집 문턱에도 도착하였다. 그러나 나는 책을 읽지 않았다. 아니 읽을 수가 없었다. 그가 땀으로 손을 적시며 돌에다 새기듯 공들여서 썼고, 그리하여 세상이 그에게 답신을 보내준 것일 텐데, 선배랍시고 경박하게 한 언사가 많이 부끄러웠다. 그의 『짜장면』과 『증기기관차 미카』와 시인 백석을 떠올리게 하는 시집 『높고 외롭고 쓸쓸한』과 여타 시집 등을 다 읽었어도 『연어』는 읽지 못했다. 판이 100쇄가 넘게 나오고 여러 나라의 언어로 번역되어 뭇사람들이 연어를 만나고 있을 때도 나는 연어를 만날 수 없었다.

이제 이 글을 쓰기 전 『연어』(안도현, 문학동네, 6500원)를 만나 악수를 했으니 핑계의 무덤에서 나와도 될 법도 하다. 마음에 남아 있던 정체를 알 수 없는 앙금도 사라졌으니, 그 또한 『연어』의 선물일 것이다.

돌이켜 보니 나는 가까이 있는 사람들에게 얼마나 함부로 대했던가. 어머니와 아내와 아이들에게, 벗들과 선후배들에게 친하다는 수식어를 들이대며 어떻게 대했던가. 그게 위악적이라 할지라도 반성문 같은 이 글을 쓰면서도 내가 나를 용서할 수 없다. 또 두렵다. 혹 이 글을 읽은 아는 이들의 시선이, 나무를 어루만지며 지나가는 바람결로 "괜찮아, 괜찮아."라고 할지라도.

내가 아는 어떤 분이 북유럽을 여행하고 돌아와서 인터넷 카페에서 사용하는 그의 닉네임을 '지스나'로 바꾸었다. 무슨 뜻이냐고 물어봤

더니 '지구를 스쳐가는 나그네' 의 줄임말이라 했다. 그러면서 노르웨이 등 북유럽 사람들의 자연관을 들려줬다. 그들이 자연을 아끼고 소중하게 여기는 마음이 바로 지구별을 여행하는 나그네와 같아 함부로 자연을 훼손하지 않으려 애써서 뒤에 오는 나그네들의 마음에 불쾌의 그늘을 드리우지 않게 하려 한다고. 이런 점에서 나도 나그네이고 연어도 나그네일 터이다.

내게서 떠나갔던 연어들이 돌아오고 있다.

허허바다 여행을 하고 마지막 남은 힘을 모아 태초의 고향으로 귀향하고 있다. 달빛을 띠고 물살을 가르며 자박자박 몸 뒤척이는 소리를 내며 내 가슴으로 돌아오고 있다. 미끈미끈한 지느러미가 느껴지고, 무쇠도 끊을 듯한, 꿈틀거리는 생동감이 손에 전류가 통하는 듯하다. 이 나그네들의 귀향이 반갑고 기뻐서 나는 한동안 잠을 이루지 못할 것 같다.

* 한국간행물윤리위원회 웹진 독서인에 올렸던 글인데 재수록합니다.

최금녀

- 나홀로
- 그럴 리 없다
- 무생물도 봄을 기다린다

〈산문〉
- 출근, 내 젊은 날의 수첩

나홀로

집에 홀로 있는 날에는 행복하다
시간을 내 곁에서 멀리 보내고
정원의 나무 잎새 한 잎 두 잎 세어 보고
하늘도 나 혼자 가지고 놀고
내 마음도 내 마음대로 가지고 놀고
다음날에는 더욱 행복하다
멀리 간 시간이 돌아올 생각 않고
나무 그늘이 나를 놓아주지 않고
하늘이 내 어깨에 내려와 조을고 있고
내 마음도 구름 따라 흘러가는 중이고.

그럴 리 없다

아버지 암 선고받고 수술 후
집도의가 일 년 남짓하다고 했을 때
그럴 리 없다, 약도 좋아졌는데
걱정하지 않았다

40대 후반 그의 동료가 내게
미스 박과 연애 중이라고 귀띔했을 때
그럴 리 없다, 지가 혈서를 쓴 게 몇 번인데
잠 못 자지 않았다

허리가 아파 MRI 찍었는데
퇴행성이라니
그럴 리 없다, 구름 한 점 없던데
편하게 밥 먹었다

어려울 때마다 내 편에 서서
그럴 리 없다, 그럴 리 없다 추임새 먹이던
나의 패스포드 그럴 리 없다가 망가진 날
〈마더〉라는 영화를 보고
그 영화 좋더라고 했더니
귀신이 끼어들었다

그 영화 제목이 뭐였니?
방금 본 영화 제목이? 그럴 리 없는데
아무리 패스포드를 흔들어도
영화 제목은 돌아오지 않았다
그럴 리 없었던 일이다.

무생물도 봄을 기다린다

백통으로 만든 새 두 마리가
날 자신이 생겼다는 듯 마당에서
날개를 뒤로 모아 푸드득거리고

깎아 만든 나무오리 다섯 마리가
주둥이를 더 높이 쳐들고
막 달려갈 기세이고

모처럼 거풍 나온 오리털 이불 3개는
빨랫줄에서 기분이 좋은 듯 흔들흔들

입 꾹 다물고 과묵했던 파벽조차
빙그레 홍조를 띄우는 봄날,
그들 속에 끼어들어 나도
토요일 오후를 건들건들

배 부풀어 오른 오리털 이불이
주책없이
나일론 빨랫줄을 끊어 먹을까 걱정하며.

출근, 내 젊은 날의 수첩

지옥 길,

언제부터인가 출근 지옥이라는 말이 생겨났다. 이 말이 생겨난 7, 80년대 배경을 생각해 보면 그럴만도 하다.

필자가 출근했던 시절, 출근길은 지옥이라는 느낌이 들만큼 고통스러웠다. 한 사람이라도 더 태우려고 낡은 버스는 출근시간이 임박했는데도 떠나지 않았고, 거기다가 사람을 짐짝처럼 꾹꾹 쓸어 담고는 오라이 하고 문도 닫지 못한 채 떠나, 사람이 추락해 사회면을 장식하기도 했다.

버스에 사람을 꾹꾹 눌러 태우려는 속셈 때문이었는지 그 당시에는 건장한 젊은 남자들을 차장으로 기용했다. 우악스럽게 밀어넣는 대로 승객은 안으로 밀려들어가 숨도 쉴 수 없었다. 폭력적이고 우악스럽다는 여론이 거세지자 여자 승무원으로 바뀌었던 기억이 있다. 자가용이 흔하지 않았던 시절이라 모든 직장인은 통과의례처럼 짐짝 출근버스를 이용해야 했다. 그 시절의 출근길은 그야말로 말 그대로 아비규환이었다.

난방시설이 되었을 리 없는 겨울이면 입에서 흰 안개가 연기처럼 숫아나고, 여름이면 한증탕에서 금방 나온 사람처럼 땀으로 흥건했다, 불가마 속이었다. 그리고 입 냄새, 땀 냄새, 머리 냄새, 각종 냄새로 비위가 약한 사람은 머리가 지끈지끈 아플 지경이었다.

그때에 비하면 요즘 지하철은 양반도 그런 양반이 없다. 기름값 아끼려는 내 집 안방보다 난방이 더 잘되지 않았나, 여름철 전기세 아끼느라 껐다 켰다 하는 내 집 냉방에 비해 지하철 속은 낙원이다. 지하철을 타고 다니면서 피서를 할만한 세상이다.

달리는 침대차나 다름없다. 책이나 신문을 보는 사람도 많지만 전날의 피로를 푸느라 편하게 눈을 감고 있다. 국민소득 수준에 따라 지옥이 변해도 천당처럼 변모했다.

출근,

넥타이를 매고, 구두끈을 조이고, 아이를 유치원에 보내고, 출근하는 아빠나 엄마들로 물결치는 아침 거리에서 나는 생의 야전장으로 나가 싸워 이기고 돌아올 전사들의 행렬을 보는 느낌이다. 이 지구상의 행복과 복지와 평화가 유지되는 것이 저들의 동력임을 실감한다. 출근이라는 어휘가 신성불가침하게 느껴지는 것도 이런 이유 때문이리라.

출근하지 못할 입장에 있었던 남편을 본 적이 있다.

절망적이었다. 끈을 놓친 일이었다. 방향감각을 잃어버린 우주인을 보는 것처럼 괴로웠다. 무중력에 빠진 일이요, 소외감이었다. 출근할 일이 없다는 것은 어떤 미사여구를 동원해도 맥 빠지는 일임을 체험적으로 알았다.

마당으로 출근한다는 시인의 시 한 편이 생각난다.

솥발산 산자락에 살면서부터
마당에 놓아둔 나무 책상에 앉아
시(詩)를 쓴다. 공책 펼쳐놓고
몽당연필로 시를 쓴다

옛 동료들이 직장에서 일할 시간
나는 산골 마당이 새 직장이고
시가 유일한 직업이다
월급도 나오지 않고
의료보험 혜택도 없지만
나는 이 직장이 천직(天職)인 양 즐겁다

나의 새로운 직장 동료들은 풀꽃과 바람과
구름, 내가 중얼거리는 시를
풀꽃이 키를 세우고 엿듣고 있다
점심시간, 내가 잠시 자리를 비우면
바람이 공책을 몰래 넘기고
구름이 내 시를 몰래 읽고 달아난다
내일이면 그들은 더 멋진 시 보여주며
나에게 약을 올릴 것이다

이 직장에서 꼴찌가 되지 않기 위해
나는 열심히 마당으로 출근한다

―정일근의 〈마당으로 출근하는 시인〉

그 많은 시인들의 시구들 중에서 '마당으로 출근한다' 는 그 문장이
유독 필자의 뇌리에서 사라지지 않는 것은 일찍이 마당으로 출근한다
는 말을 들어 본 적이 없었기 때문이었다. 마당으로 출근한다는 시인의
문장에 전율했다. 어디 공원도 아니요, 마을회관도 아니요, 문 열면 밟
히는 자기 집 앞마당이라니, 출근할 곳이 없다는 것을 우회적으로 표현
한 이 시에서 시인의 입장에 동조하고 숙연해지기조차 했다.
　이 시집이 인기절정이었던 이유 중의 하나가 바로 마당으로 밖에 달
리 출근처가 없는 시인의 심정을 독자가 공감했기 때문이 아닐까. 출근

처가 없는 시인의 절망을 같이 아파한 것이 아닐까.

출근 지옥을 비켜난 사람들이야말로 마당으로 출근하는 시인이나 다름없을 것이다. 경쟁에서 물러섰다는 뜻이고, 조직에서 소외되었다는 뜻과도 통한다. 그러고 보면 아침마다 출근길 대열 속에서 인파에 부대끼며 북적거린다는 것은 얼마나 장하고 당당하고 축복받은 삶인가.

사람과 사람에 치여 멀미를 하면서라도 출근을 해 보고 싶다.

마당으로라도 출근을 해야 하는 시인처럼.

목표가 보이고, 행복이 보이는 요량으로 치면 요즘의 출근길의 불편함은 새 발의 피요, 말 타고 경마잡히고 싶은 투정이요, 흘러가는 물줄기의 물비늘 같은 것이라는 말을 사족처럼 덧붙이고 싶다.

하두자

- Jadoo 풀타임 세일
- 버터플라이
- 고요한 밤, 거룩한 밤

〈산문〉
- 땅끝 마을에 서서

Jadoo 풀타임 세일

골라, 골라, 골라
우리 사장님 주머니가 바닥이 났대요
파릇이 돋아나는 힘줄 40그램

나를 세일합니다
넘쳐도 버릴 생각이 없는 잡념 300그램
맘만 먹으면 일 년에 새끼도 쑴뿍 낳을 수 있는
알집도 덤으로 드릴게요
골라, 골라, 골라

별 흥미 없다구요 랩에
말아놓은 내 영혼의 무게도 풀어 볼까요
가끔은 달아오른 내 부끄럼, 아니
시도때도 없이 물컹 하는 뼈 마디 한 근은 어때요?
뭉게구름 휘휘 불며 나를 세일합니다
손가락 사이로 넘쳐나는 햇살

리본으로 묶어놓았어요
붉은 감성은 책임지지 않아요
짜릿짜릿 바람이 통하는
매콤새콤 사랑 500그램
밍크코트에 매달린 애인도 처분해요
앵두 냄새 어린 나도 처분하냐구요

날숨은 배꼽 아래 포장해 두었죠
꽃무늬 프린트로 내 얼굴을
둘둘 말고 계시네요 사장님은
골라, 골라, 골라
지금은 pm 3시 59분
앗 ~ 싸
Jadoo, 풀 타임 세일 코너입니다

버터플라이

나는 두렵습니다
내 팔을 꺼내줄래요
손목을 잡아채자 별들이 노란즙을 짜고 있었어요

말라붙어 있는 달콤하지도만도 않았던 입맛들
풀석풀석 안개 저편
다 잊어버렸어요 증발해 버렸어요

해일이 커다란 벽처럼 걸어오고 있어요
눈시울 적신 수평선이 뒤따라오네요
찻잔에 오래오래 커피가 고여 있으니까요
별처럼 흩어진 설탕가루를 뿌려주세요
주름진 어깨를 펴주세요
반짝이는 물비늘을 달아주고 싶었어요
깃발을 뽑아주세요

웅크린 파도가 입술을 벌리네요
밥알처럼 미끄덩거리던
내 노래 가져가도 좋아요
팔다리를 빨아당기며 날아가는
버터플라이
잡힌 것도 모르고 자꾸만 달아나는
버터플라이

당신과 내가 익사한 문쪽으로
몸을 뒤집고
다시 뛰어내려 봐요

아침엔 창문을 열지 마세요

고요한 밤, 거룩한 밤

촛불 하나씩 물고 물고기들 모여들고 수입 쇠고기 반대 릴레이 집회
가 열리고 배고픈 상어는 물고기 떼를 기다리고 어류학자는 몰려다니
는 습성이 있다고 떠들고 물보라를 일으키며 거듭되는 투망질에 물고
기 몇 마리 걸려들어 힘없이 파닥이고 캠코더와 디카들이 달려들어 살
점을 벗기고 피 땀으로 얼룩진 서울이 깜박이고 불꽃들은 별꽃으로 흩
어지고 몰락한 햇살 잔광이 고개를 젖히고 끌려가고 어지러운 발자국
들 경찰과 전경들을 에워싸고 인파 사이로 한낮 파문이 지고 나이테가
그냥 무너져 내리고 우루루 몰려가는 붉은 깃발, 가슴을 칭칭 감고 올
라가는 담쟁이가 사방으로 뜯겨져 내리고 아기의 해맑은 잠은 조바심
하는 엄마의 마음도 모른 채 분홍빛 유모차에서 잠이 들고 함성들 펄럭
이는 거리에서, 나는 신호등 앞에 우두커니 서서, 말을 닫은 얼굴들과
부딪치고 촛불처럼 흔들리는 당신과 함께 어둠 속으로 깊게 스며들고,
스며들고

땅끝 마을에 서서

이 길은 얼마나 많은 발자국을 지우고 길이 되었을까. 이 나무는 얼마나 많은 나뭇잎을 떨구고 이곳에 뿌리를 내렸을까. 꽃들이 앉았던 자리에 짙푸른 푸르름이 깊숙이 들어선 6월, 일기예보의 비 소식을 안고 해남으로 달렸다.

여름의 감정은 다양하고 격렬하다. 그러나 어둑한 습기를 물고 내달리는 속도는 그 무엇을 향해 뛰어내릴 것 같은 길고도 뜨거운 여름의 권태나 적요를 단 한 방에 날린다.

떠나 보면 자신의 예민함이 떠올라 순간, 통증이 일어난다. 몸과 마음이 가난해지고 초초해지고 위축될 때 억눌린 자아 본성에 화가 치민다. 그러나 함께하는 동료들의 따뜻함이나 떠들썩한 설레임에 긴장이 무너지고 내 마음의 유연성을 회복할 때 일상의 소음이나 냄새까지 지워지는 것 같다.

보리 익은 냄새, 모심기를 위해 찰랑찰랑 괴어놓은 무논의 물 냄새, 모심기를 끝낸 여린 모들, 개구리 울음소리, 하얀 클로버의 꽃 냄새, 이 모든 냄새들이 가만가만 스며들어 행복하다.

더는 갈 곳이 없는 땅끝에서 최남단 해남 송지 갈두리 마을에서 사자

봉을 만난다. 사자봉이 있는 전망대에 오르면 다도해가 한눈에 펼쳐진 다 하는데 낮게 이동하는 안개구름에 휩싸여 오리무중, 아무것도 보이지 않았다. 이리저리 밀리는 안개만이 바다를 향해서 우욱거리며 길을 내고 있었다.

땅이 끝나고 바다가 시작되는 곳은 다 땅끝이다. 어렵게 땅끝의 의미가 더 간절해지는 것 같다. 사라지는 것들을 다시 끌어안는 바다, 고요하고 쓸쓸한 날의 남해의 바다는 이렇게 다시 시작할 수밖에 없을 것 같다.

사람들은 그 무엇인가를 떠나 보내야 할 때 아니 부딪쳤을 때 이곳 땅끝 마을을 찾지 않을까. 안간힘을 끌고 이곳 땅끝에 다다른 나는 때론 나를 죄고 있는 끈을 끓어버리고 편안한 마음을 찾았으면 하는데…….

살다 보면 가끔씩 누굴 만나러 가는 일도, 누굴를 만나 무엇을 먹어야 할 때도 모든 것이 심드렁할 때가 있다. 이런 날 떠나 땅끝에 서 보면 어떨까.

매일의 삶과 경험이 여기에 서 보면 삶에 대한 또 다른 다짐이 서지 않을까. 하는 이론적인 생각과 또 다른 이것도 부질없다 하는 허망함이 스멀거리기도 하지만.

구희문

- 물동이
- 청보리밭
- 거지 여인에게

〈산문〉
- 어버이

물동이

철렁철렁
마음 잃어
물동이 깨져 우는 소리

철렁철렁
몸 잃어
물동이 깨져 흐리는 소리

철렁철렁
텅 빈 물동이
깨져 우는 외로운 소리

청보리밭

내 마음의 먼먼 바다
밀려갔다 밀려오는 눈빛
내 마음도 따라가고
바람 떠나는 소리
내 몸만 그 길 위에 서 있다

눈을 감고
눈을 뜨고 보아도
구름 쓰다듬는 소리 그대 얼굴 드리우고
그 길 위에 내 몸만 서 있다

어느 바람에 지나는 영혼같이
그대 쓰다듬는 눈빛 따라 물결치는 청보리밭
사삭이는 말들
먼먼 이연의 바다
청보리 익어간다

휘청거려도
휘청거려도
한겨울 고이고 일어서는 그대가
눈에 가득 차다

거지 여인에게

124

이랑이랑
검은 눈동자

고랑고랑
흰 눈동자

흙비
처벅처벅
쌓인 눈동자

어버이

무어라 말을 할까.

무어라 써야 할까.

나의 아버지는 참 인자하셨다.

나 어릴 때 기억은 아버지가 상복을 입고 있는 모습만 기억이 난다.

아버지는 할아버지 3년, 할머니 3년, 상복을 입고 계셨었다

아침에 일어나면 할아버지 빈소에 가서 절을 하고 또다시 점심때 가서 절을 하고, 저녁때 가서 절을 하고 이 기억밖에 나질 않는다.

어머니는 아침, 점심, 저녁 제사 음식을 하시냐고 늘 바쁘셨다.

그래서 난 늘 학교 도시락에 향내가 나는 밥을 싸간 기억이 난다.

나도 부모님에 대해서 알게 된 계기는 초등학교 3학년 때인 것 같다.

모내기를 하는 날, 난 학교가 가기 싫었다.

그래서 학교 가서 조퇴를 하고, 일찍 집에 왔다.

그러나 그날은 봄이어서 무척 추었고 봄비가 참 많이 내렸다.

몹시 추었다.

나는 비닐을 하나 뒤집어쓰고 논두렁에 앉아 있었다.

그런데, 저 멀리서 어머니가 비를 맞으면서, 새참을 가져오시는 것이었다.

새참을 내려놓으시고, 바로 논으로 들어가셨다.

물은 무척 차가웠고, 어머니는 주룩주룩 내리는 비를 다 맞으셨다.

나는 비닐을 쓴 채로 정말 많이 울었던 기억이 난다.

그때 철이 들은 것 같다.

그때 이후로 부모님은 내 인생의 전부가 되었다.

지금은 누구나 다 어려운 것 같아요. 모든 여러분 힘내세요.

세상의 모든 여러분, 건강하시구요.

세상의 모든 부모님는 내 부모님과 같다는 것을 참 많이 느낍니다.

행복하세요, 감사합니다.

권경애

- 프리 허그
- 글러브, 글러브 좀 풀어줘
- 몽유도원도

〈산문〉
- 폭설 이후

프리 허그

일행과 헤어져 혼자 지하철을 내렸다
북적대는 인사동 길을 걷다가
길 한복판에서 끌어안고 있는
남녀 한 쌍을 보았다 프리 허그
거리의 낯선 사람을 거저 안아준다는,
안긴 여자의 얼굴은 행복해 보이지 않았다
안아준 남자의 얼굴도 덤덤해 보였다
여자가 가고 나자 다시 프리 허그
피켓을 들고 그 남자 사방으로 빙빙 돈다
돈다 인사동 길이 안아주기 위해
어서 와, 공짜로 안아줄게
아무나 공짜라니까 그래
혹시 눈이 마주칠까 고개를 돌리고
그의 곁을 빠르게 지나갔다
차가운 바람이 거리를 훑고
인사동 길은 여전히 돌고, 돌고

글러브, 글러브 좀 풀어줘[*]

이 옷 좀 벗겨줘
너무 꼭 죄어 혼자서 벗을 수가 없어
오래 입었지만 내게는 늘 거북하기만 한 옷
후후 발가벗겨져 아무 데나 내팽개쳐져도 좋아
이미 절반쯤은 누군가 가져가 버린 이 폐허의 몸
나머지는 바람과 물과 새의 먹이가 된다면
훨훨 날 수 있다면, 흐를 수 있다면,
제발 이 옷, 옷 좀 벗겨줘.

[*] 링 위에서 쓰러진 최요삼 선수가 마지막으로 남긴 말. 그는 자신의 장기를 세상에
남기고 외로웠던 권투 인생을 마감하였다.

몽유도원도

염천에 언니, 무릎 위로 치마 걷어 올리고 앉아 복숭아 선별하느라 바쁘다 까슬까슬 복숭아털에 하얀 장딴지 발갛도록

애야, 올해는 햇살이 좋아 그런지 복숭아가 유난히 크고 맛있구나 근데 이거, 이렇게 잘 익은 게 쯧쯧 아깝게 벌레 먹은 것 좀 봐

오뉴월 땡볕에 둥글둥글 살진 연분홍 피부 뽀얀 속살, 물이 오를 대로 올랐다 한 입 베어 무니 다디단 과육, 태양의 붉은 허벅지가 목젖을 통과하고 또 한 입, 과즙이 목에서 가슴으로 흘러내려간다 흐음 아주 달아, 아아 달아오른 걸까 몸이 꿈틀, 내장 어딘가로 꿈틀꿈틀 복숭아벌레 기어가는 걸까 온몸이 간질간질해져

복사꽃 환장하게 흩날리던 봄밤에 언니, 무슨 꿈을 꾸었는지요 단물 뚝뚝 듣는 달밤, 달큰한 향내 지천으로 퍼지는 한여름 밤이 강물처럼 흘러가요

폭설 이후

　그해 겨울, 동해로 가던 중에 갑자기 눈을 만났다. 지독한 폭설이었다. 날은 어두워지고 갑작스런 폭설을 만난 자동차들이 엉금엉금 기어가다 결국 진부령 못미처서 경찰의 제지를 받았다. 체인을 감은 차만 통과할 수 있다는 것이다. 부랴부랴 체인을 감고 다시 출발하였지만 어디가 길인지 계곡인지 안개 속인지 구름 속인지 도대체 구분할 수가 없었다. 퍼붓는 눈보라에 자동차가 통째로 지옥으로 빨려 들어가는 것만 같았다.

　처음 출발할 때의 일기예보는 그저 한때 눈이 올 예정이라고만 하였다. 더구나 입춘이 한참 지난 뒤라 눈이 오면 얼마나 올까 하는 생각에 별다른 준비 없이 가벼운 마음으로 집을 나섰다. 그러나 홍천을 지나 인제 거의 다가서야 날씨가 심상치 않음을 눈치 챘다. 그렇다고 서울로 되돌아갈 수도 없었다. 되돌아가기엔 이미 너무 멀리 갔던 것이다.

　간신히 진부령을 넘어 한밤중에야 속초에 도착했다. 밤을 지내고 이튿날 아침에 일어나 창밖을 보니 천지가 온통 눈뿐이었다. 눈 속에 묻혀 아무것도 없었다. 길도 자동차도 집도 사람도 없었다. 모든 공간과 시간이 사라지고 정지된 듯했다. 세상에 태어나서 그렇게 많은 눈은 처음 보았다. 내 키보다 더 높이 쌓인 눈! 그 사이를 정신없이 돌아다니며

진기한 풍경에 넋을 잃었다.

차츰 집으로 돌아갈 일이 걱정이 되었다. 예측할 수 있는 것은 아무것도 없었다. 미친 듯 퍼붓는 눈은 오후 늦게야 그칠 예정이라고 하지만 강원도의 눈이란 알 수 없다고 한다. 예보도 믿지 못한다는 것이다. 여기저기 도로를 통제한다는 소식뿐이다. 서울로 갈 수는 있는지 간다고 해도 시간은 얼마나 걸릴 것인지 걱정이 쌓인 눈만큼이나 커져갔다.

참 막막했다. 살다 보면 사방이 벽으로 가로막힌 듯 막막할 때가 가끔 있다. 그중에서도 가장 힘든 게 내 자신에게서 막막함을 느낄 때다. 어디로 발을 디뎌야 할지 몰라 스스로를 가두고 슬퍼할 때처럼 막막한 경우도 없는 것 같다.

그 무렵 나는 때때로 빠지는 무력감과 절망감에서 헤어날 수가 없었다. 오래도록 놓지 못하고 있던 집착이고 헛된 욕심이기도 한 것들에 갇혀 생각은 수시로 불안정했다. 극단을 오가는 감정의 틈에서 내 몫의 삶이 버겁고 거추장스럽기조차 했다. 그것은 모두 마음에 일이 너무 많은 탓이었다. 버리고 비우지 못하여 무겁기만 한 시절이었다.

다행히 눈은 일찍 그쳤다. 오후가 되자 쌓인 눈이 햇빛에 녹으면서 염려했던 것보다 힘들지 않게 집으로 돌아왔다. 그렇게 잠시 기다리며 숨을 고르다 보면 안 보이던 길이 보이고 때로는 없던 길도 생기기도 하는 모양이다. 나의 막막함도 시간이 지나면서 새로운 돌파구를 찾아 어느 정도 해소되었듯이. 그 후로 나는 무엇인가 벽에 부딪쳐 힘겨울 때면 그 캄캄하던 밤의 폭설을 기억해내곤 한다.

며칠째 아침 안개가 짙다. 안개 속에 갇힌 풍경은 갇혔음에도 편안해 보인다. 늦더위가 심해도 거리엔 어느덧 가을 분위기가 가득하다. 군데군데 쌓여 있는 낙엽들이 그렇고 오가는 사람들의 옷차림이 그렇다.

한 줄기 바람에 나뭇잎이 함박눈처럼 떨어진다. 첫눈은 언제 오려나?

저 마른 나뭇가지에 흰눈이 소복이 쌓일 그날은 언제일까? 눈 내리는 날 다정한 사람들과 따뜻한 차라도 함께 나누리라 생각하며 설레는 마음으로 첫눈을 기다린다.

김계영

- 연꽃마을에 지는 해
- 꽃의 영광이여
- 구월에 토란꽃이 피었다

〈산문〉
- 내가 시를 쓰는 이유

연꽃마을에 지는 해

—관곡지에서

불덩어리 하나가 구름을 가를 때
하늘은
내 마음의 빛깔이 아니고
그냥 하늘대로의 그윽한 빛깔입니다

볕바른 날들로
들판이든
물길이든
초록의 싱싱함이 가득 찼습니다

하늘과 연꽃 사이로
넘나드는 초저녁 바람이
풀꽃향기보다 더 향기롭습니다

서서히 서산마루에 숨어 들어가는
연꽃마을에 지는 해
하루 분량의 슬퍼하는 일들도
모두 싸안고
하늘대로의 그리움과 믿음으로
거친 숨결을
가만가만 잠재우는
위안과 안식의 일몰입니다

꽃의 영광이어

—허브나라농원에서

햇살 한 줌에 목이 메는 봄날
아무것에도 욕심 없이
나를 보고 싶어서
꽃들이 기다리는 꽃밭에 간다
이 계곡 저 계곡에서
숨어 있던 산바람이 나를 에워싸고
새들과 나비들과 벌레들이 모여든다
풀꽃더미 가득한 흙길을 한가로이 걸으며
고즈넉한 여생을 살았던 지베르니의 모네를 만나고
더 이쁜 꽃봉오리에 입 맞추면
분홍 꽃입술이 된다
심호흡으로 향기를 머금은 채
꽃빛깔의 농도를 온몸에 휘감고
나무의자에 진종일 앉아 보아라
생사가 어디쯤인가
더러는 겁나던 세상이 저 멀리 날아가고
가만가만 그리운 말 한마디가
따뜻이 안겨오는 하루가 질 것이니
꽃잎에 바람 지나는 소리 잦아들 때
어느새 하늘에 피어나는 별꽃들
땅에도 하늘에도 자잘한 꽃들이 어우러져
내 염원도 한 송이 꽃으로 피어나는 하룻날

꽃을 위해 보낸 시간이
겨울까지도 시들지 않을 것만 같다
베게 속까지 내내 향기로울 것만 같다

구월에 토란꽃이 피었다

여름이 뜨겁다더니 어느새
한 통의 연서를 실어 보내고 싶어지는
소슬 바람결이 내 팔을 스치고 지나간다
지난해
그렇게도 향기롭던 토란꽃이
보고 싶다
지체 없는 안부는
고깔 쓴 듯 황금빛 토란꽃으로 배달되어 왔다

긴 대롱 끝에 수줍은
아씨 얼굴 닮은 토란꽃
가슴 저리게 타 들어가
똬리 튼 그리움

저 혼자
짙푸른 잎 사이 그늘 아래에서
그토록 깊은 향기를 만들고 있었을까
더 오래 머무르고 싶어 이제야 나왔을까
한 사흘 뽐내기가 그리도 더디어서
여름 내내 철없는 내 가슴만 애태우고 있었던 걸까
이런 사랑이 아리기만 한데

바람은 쉼 없이 흐르고 지나갔으며
능선과 능선은 저만치에서 어깨를 두르고
내려다보고 있어도
나는 토란꽃의 노오란 꽃술이 드러나기 전에
이야기의 끝장은 남겨둔 채로
사르르 잠들고 싶기만

내가 시를 쓰는 이유

나의 삶을 포용하면서 살고 싶어 시를 쓴다. 관념적이긴 하지만 살면서 맛보는 기쁨이나 슬픔의 감정, 더불어 마음의 속삭임을 소중하게 생각하여 시로 표현해 보는 것이다. 일상의 가족 이야기도 자주 쓴다. 예를 들어 딸이 결혼을 할 때 시를 써서 축하해 주고, 귀여운 조카가 돌을 맞으면 축하의 시도 써 보고, 엄마와 동생이 세상을 뜨셨을 땐 이별의 아픔을 써서 슬픔을 잠재우기도 했다. 생활인으로 살면서 다가오는 변화들이 때때로 마음의 동요를 일으킬 때마다 시를 쓴다.

어릴 때부터 시를 즐겨서 낭송하고 세계의 명시를 많이 읽다 보니까 나도 쓰고 싶은 욕구가 저절로 생겨서 시 쓰기에 관심을 갖게 되었다. 용기를 내어 쓰게 된 것은 훨씬 뒤의 일이지만 다행히 질리지 않고 아직도 시에 대하여 구애를 하는 형편인지라 시를 쓴다.

시란 마음속의 생각을 말로 드러내는 것인데 이 말이 나는 참 좋다. 시 자체가 가장 아름답고 진실된 언어이고 보면 말을 지배하는 능력이 있는 이 시를 쓴다는 일이 너와 나의 행간을 뛰어넘는 고귀한 일이 아니겠는가.

시를 사랑하기에 나도 쓴다. 지금까지 주옥 같은 시들이 얼마나 많은가. 그 시들을 읽으며 감동을 받기에 나도 자연스레 시를 써 보게 되었다. 어렵고 힘들 때도 많고 괜히 시를 쓰는 고통을 찾아서 하는 건 아닌지 나 자신에게 질문을 던질 때도 있지만, 진실한 내 마음의 속삭임을 표현하는 것이라서인지 은근히 더 시를 아끼고 사랑하게 된다.

이해인 시인은 '사랑한다는 말은 가시덤불 속에 핀/하얀 찔레꽃의 한숨 같은 것…' 이라고 했다. 사람과 사람 사이에 사랑하는 일만큼 중요한 일도 없다고 생각 한다. 이 부대끼는 사람 사이의 '사랑' 이란 명제 앞에서 사람을 사랑하기에 사랑의 시를 써 보고 싶다. 언제 어느 때나 생각하면 향기로운 '사랑' 이란 말! 수많은 사랑의 노래가 불리어지고 있어도 사랑하지 않고는 못 배기는 시 한 편을 나의 시혼으로 쓰고 싶다.

'사랑이여 보아라/꽃초롱 하나가 불을 밝힌다/꽃초롱 하나로 천리 밖까지…'

박정만 시인처럼 아니 더 가슴 떠는 시를 쓰고 싶은 소망이다.

아카시아 꽃향기가 퍼져갈 때, 가로수의 초록 빛깔이 짙어갈 때, 투명하게 짙푸른 하늘을 볼 때, 가슴이 싸해지는 시 한 편 쓰고 싶은 생각이 난다. 내 가슴에 깊어지는 우물물을 퍼올려 나 스스로 몸을 떠는 시를 써 본다면 얼마나 좋을까! 이런 생각을 하며 쓴다. 내 이름의 계수나무 '계(桂)' 자와 그림자 '영(影)' 자가 미리 암시라도 했는지, 밤하늘의 달이 지나가다가 빙그레 미소 지어주기를 바라는 마음으로 쓴다. 언제나 내 시를 읽고 나뭇잎이 춤을 추는 날이 있을까? 내 시가 추위로 몸을 떠는 사람에게 겨울 햇살 같은 온기로 데워줄 수 있을까?

풀은 푸름으로 드러내고 꽃은 예쁜 색깔과 모양으로 드러내고 번개는 빛으로 드러내듯이 내 마음의 정서를 우리말과 말 사이에 담아 두지 않으면 너무도 짧다는 이 한 생이 별 의미도 없이 사라질 것 같은 두려움에서 쓴다.

　'바람도 없는 공중에 수직의 파문을 내며 고요히 떨어지는 오동잎은 누구의 발자취입니까' 라고 읊었던 한용운님처럼 내 생의 끝 지점에서 작은 발자취 하나 남기고 싶어 쓴다.

　나의 목소리에 나의 시들을 담아서 지인들에게 선물을 하고 싶은 작은 꿈도 가지고 있다. 내가 하는 시 낭송을 듣고 싶다고 권유하는 분들이 주변에 있기 때문이다.(우쭐하는 뜻은 전혀 없어요) 시 낭송을 하는 취미가 있는 나이니까 언젠가는 나눠주고 싶은 나의 선물 목록이다. 그래서 시를 쓸 때도 낭송에 어울릴까를 생각할 때가 많다.

　여러 모임이 있지만 시인들과 어울리는 모임이 부담 없이 좋다. 볕 좋은 날이면 바람을 쏘이며 야외에 나가 함께 시를 얘기하고, 비가 오면 창가에 앉아서, 별이 뜨면 별을 바라며, 달 아래서는 달빛을 받으며 시를 얘기한다. 행복하며 안온한 정경 아닌가.

　어떤 시인이 하는 말이 "시는 고통 속에서 태어나는 거야."

　나는 큰 욕심을 부리지도 않고 주어진 여건에 순응하면서 살아가기에 죽을 만큼 고통에 빠졌을 때 나오는 치열한 시가 쓰이지 않는 것 같기도 하다. 그러나 바람과도 같고 출렁이는 파도와도 같은 것이 인생이고 보면 어려운 삶의 노정에서 내가 쓴 시로써 나 스스로 위안을 얻고 격려를 하기 위해 쓴다. 신께서 내게 더 맑은 영혼을 주신다면, 다른 사람의 마음까지 부드러워지고 넉넉해지는 울림이 있는 시를 쓸 텐데. 그러면 얼마나… 얼마나… 좋겠다.

김광옥

- 백인과 소수민족
- 나는 무슨 주의자인가
- 뚱뚱한 나라

〈산문〉
- 내가 읽는 외국어 시

백인과 소수민족

―2008 여행기 2, 미국

백인은 主流로 다운타운 높은 빌딩 책상에 앉아서 일한다
소수민족은 酒類를 파는 동네 리쿼스토어 바닥에 서서 일한다

백인은 晝中에 週中에만 일한다
소수민족은 晝夜로 週末까지 일한다

백인은 주말 郊外 저택에서 가족끼리 즐기지만
소수민족은 주말 敎會에서 무리를 지어 떠든다

백인은 셀룰러 폰으로 문자를 보내는데
소수민족 아이들은 영화를 다운받는다

백인은 政治로 사회운동을 하기에 바쁜데
소수민족은 情에 치우친 사사로운 모임으로 바쁘다

나는 무슨 주의자인가

2008년 8월 8일부터 24일까지 베이징 올림픽이 열렸다
마침 방학이어서 미국과 일본에 다녀오게 되었다

미국에 있을 때 미국과 독일이 농구 시합을 벌인다
미국 소고기를 먹으며 TV를 보다 보니 미국이 이겼으면 싶었다
나는 屬地主義者인가

다른 날에는 육상대회가 열린다
자메이카가 신흥 단거리 왕국으로 태어나고 있다
작은 나라도 이겨야지
미국의 월터 딕스보다 자메이카의 우사인 볼트가 이기기를 바랐다
나는 屬情主義者인가

일본에 와서 한국과 일본의 야구 준결승을 보게 되었다
일본사람 집에서 TV를 보느라 맘대로 응원도 하지 못했으나 이승엽
이 홈런을 쳤을 때는 박수 치고 환호했다
나는 屬民主義者인가

스포츠는 잘하는 사람이 이겨야 한다
그러나 올림픽에서는 여러 나라 선수들이 골고루 이겼으면 좋겠다
우리나라는 태권도 종주국이라 양보를 하여 4체급에만 출전했지만
4개의 금메달 중 하나 정도는 내전이 있는 나라 선수가 가지고 갔더
라도 서운해 하지는 않았을 것이다
나는 유니버설 휴머니스트인가

뚱뚱한 나라

땅이 넓은 나라 미국
사람은 땅을 닮아 옆으로 퍼진다

뷔페 집에서는 늘 뚱보들이 모여
먹기 대회를 여는 듯 축제를 펼친다

공항에서는 뚱뚱해서 걷지 못하는 승객과 노인을
전기차로 각 게이트 앞으로 실어 나른다

쇼핑 몰을 걷는 사람들 몇 중 하나는
엉덩이 쪽이 마치 호리병처럼 불룩하다

맥박을 재는 간호사가 하도 뚱뚱하여
환자의 숨이 더 가빠진다

넓고 넓은 미국땅
사람도 땅을 닮아 옆으로 퍼지고 있다
자꾸만 퍼져 남의 자리를 차지하고 있다

그 뚱뚱한 몸매를 움직이기 위해
다시 부지런히 먹어야 한다

내 것이 없으면 옆자리 것을
가져와서라도 먹어야 한다 .

내가 읽는 외국어 시

나는 가끔, 아주 가끔 영어나 일어나 불어로 된 시를 읽는다. 외국어 시가 그리 잘 읽힐 리가 없다. 평범한 산문 문장의 외국어를 이해하기도 쉬운 일이 아닌데 시의 경우는 말할 것도 없다.

그러나 나는 외국어 시를 읽을 때 사전을 뒤지지 않는 적이 있다. 그러니 더욱 해석될 리가 없다. 바로 그것이다. 잘 모르니까 이런저런 해석을 해 본다. 다시 말해 해석을 하는 게 아니라 상상의 세계로 들어가기 위해 시를 암호처럼 해독하는 것이다. 시를 읽으면서 어렴풋이 나만의 세계를 만들어 보고 싶은데 만일 시를 제대로 해석한다면 매몰되거나 아니면 바로 模寫할 수 있기 때문이다. 그러니까 외국어 시를 상상력의 세계로 들어가기 위한 기호로 읽는 셈이다. 시를 읽는 올바른 태도가 아니라는 것은 알지만 책을 읽는 여러 가지 방법 중 한 가지로 여기고 있다. 외국어 시를 바르게 읽을 때는 상상력 대신 감동을 받게 되는 건 사실이다.

또한 영어권의 시 가운데서도 생활을 묘사한 시들을 좋아한다. 우리나라 시는 서정성이 강한 면이 있다. 사회학을 공부하는 나하고는 조금 맞지 않는 면이 있다. 물론 자연 속에서의 인간의 본성을 찾는 것이 시의 정신에 맞고 또 시의 생명으로 보아도 영원하고 또 범용성이 있다는 것도 이해한다. 그리고 이런 서정시와 대립하는 것으로는 사회 체제 저항시가 있으나 그 또한 한쪽의 이념이 강해 내가 추구할 시는 아니라 여긴다. 그 중간에 사회시 혹은 생활시라 할 부류가 있는데 이런 시들을 영어권 국가의 시에서 쉽게 찾을 수 있는 편이다.

내가 영어 시를 읽는 것은 앞서 말한 상상력의 세계로 들어가기 위한 것이 첫 번째 목적이고 두 번째는 이런 사회 혹은 생활시를 읽는 재미 때문이다. 그리고 세 번째는 문화와 환경이 다른 나라의 모습에서 더 넓은 세계의 인간들의 모습을 발견할 수 있기 때문이다. 네 번째는 우리나라도 그러하지만 용도에 맞춘 여러 시집들이 있다. 명작선, 여행을 위한 시, 지하철에서 읽을 시, 학생을 위한 시, 사회시, 변환기의 시 등 여러 부류의 시집이 있어서 다양한 용도에 맞는 시를 읽을 수 있는 이점이 있다. 여기 한두 가지 예를 보자.

필리핀 Amparo R. Asuncion의 시다. 〈슬픈 작은 집〉이란 시에 '강변의 작은 집 … 지붕 위의 구멍, 벽에는 금이 가고 숨기려 해도 헛된 … 강렬한 태양에 죽는 … 모두에게 잊혀진' 같이 현실을 직시하는 시를 통해 필리핀의 풍경사진을 읽을 수 있다.

영국의 『지하철에서 읽는 시』라는 시집에는 〈턱수염을 기른 늙은이〉라는 시에서 '턱 수염을 기른 노인이 있었네, 누구의 말처럼 걱정한대로야, 두 부엉이 암탉 한 마리, 종달새 네 마리, 한 아가씨가 내 수염에 둥지를 틀었네!' Edward Lear의 시로 지하철에서 읽을 재미있는 시다. 사실은 재미있다기보다 왜 하필 부엉이, 종달새, 종달새 그리고 아가씨로 연결되는지 궁금증이 생기고 그때부터 자의적인 해석이 벌어진다. 만일 서양의 풍습을 이해하려고 여러 사전을 이리저리 뒤지면 나는 평론가가 될 것이고 그냥 내 자유로 해석하면 더 좋은 상상력을 얻게 될 것이다.

몽골시 가운데는 〈누군가 문에서 노크를 하네〉가 있는데 '누군가 문에서 노크를 하네, 아들아 가서 문을 열어라! 누군가 묻지 말고, 그냥 열어 드려라!…'(Dolgoryn Nyamaa) 같은 풍속시는 몽골을 이해하는 재미가 있다.

그밖에도 몽골시 가운데 '말 위에 앉아 있으니 하늘과 가깝다…' 같은 표현은 읽는 순간 초원과 너른 하늘 그리고 말에 대한 인상이 가슴에 와 콱 박혀버린 시구다.

다른 영어권 시 가운데 지금 일일이 원전을 찾을 수 없지만 '교회 종루에 올라 종이 울리는 동안 구원을 받는다…' 등이나 '…그 소녀는 갑작스런 (교통) 사고에 미리 대처할 만큼 나이가 들지 못했다…' 등 마음에 와 닿는 좋은 문구들을 만날 수 있었다.

제 3세계 국가의 시에서는 생활과 문화를 읽고 선진국가의 시에서는 생활과 인간상을 읽는 등 약간의 차이는 있겠으나 다른 나라의 시나 외국어 시를 읽는다는 것은 공간이나 언어의 차이가 있을 뿐 인간을 읽는다는 데에서 크게 다를 바가 없겠다.

김세영

나의 사랑니

8월의 끝가지에 매달려서
매미, 애끓게 울던 날
잇몸 속에 갇혀서
누구의 혀, 한 번 깨물어 보지 못하고
사랑니, 속앓이했다

사랑니의 울음소리에
개미핥기처럼 다가온 그녀
숨소리는 뜨거운 태풍이었다
진공청소기 혀가
입속의 개미들을 핥으며 들어왔다
미처 깨물 사이도 없이
뿌리 채 뽑힌 사랑니가
허파꽈리 속으로 빨려 들어갔다

한여름 물장구치며 놀던
송아지 떠내려가는 개천가에서
어미의 치맛자락 속을 파고들며 울던
벌거벗은 그 아이를 쫓아서
마을을 뒤덮은 먹구름 치마 속으로
태풍의 자궁 속으로 온몸 빨려 들어갔다

태풍이 허물을 벗으려 날아간 곳은
사하라 사막 그 어느 곳
생 텍쥐페리가 불시착한 곳이었다, 그녀는
자궁 속의 양수를 뿌려서
오아시스 나라를 세웠다
어린왕자가 살다 묻힌 그곳에
나의 사랑니는
고인돌이 되어 서 있었다

지금도 매미 우는 8월이면
사랑니가 있던 빈 잇몸자리를
태풍의 흔적을
혀끝으로 더듬어 본다.

인연 4

—생기(生氣)

화장실 타일 벽에
눈곱보다 작은 티끌 하나
붙어 있다, 내가 지구본에 붙어 있듯이

떼려고 손가락을 대니
쪼르르 움직였다, 무생물이
생기의 기적이었다

눈에 보이지도 않는
다리들이 움직인 것이다, 필사적으로
저 코딱지 같은 몸속에서도
반도체 칩만큼 많은 정보가 움직인 것이다

오늘 하루 나를 움직일
정보를 메뚜기처럼 뜯어먹다
다시 보니, 그의 흔적이 없다
어디서 홀로 왔을까
어디로 간 것일까

먼발치에 서서
손끝의 체온도 닿지 않고
소리만 주고받는 사람보다
그의 안부가 궁금하다

내가 그의 이름을 모르듯이, 그도
나의 존재를 모를 테지만
나의 손끝이 그의 옆구리에 닿아서
1피코그람의 생기를 주고받은 그가
다시 만날 수 없는 그가
몹시 보고 싶다.

대청호의 수련
-가슴속에 수장된 것은 눈 감으면 보인다

척추 디스크 아내의 허리가 아파서 집안 청소를 했다
안방 화장대 밑, 침대 아래, 거실 장식대 밑, 식탁 아래
무릎 꿇고 엎드려서 삼천 배 하듯 걸레질을 했다

걸레를 뒤집어 펼쳐보니 대청호 관광기념이란 글이 보였다
몇 년 동안 나의 몸을 닦아주던, 연꽃무늬의 타월이었다
다용도실 대야에 더럽혀진 걸레를 던져놓고
세제를 한 스푼 뿌리고 수돗물을 틀었다

서서히 물에 잠기는,
오리가 노닐던 냇가, 푸른 지붕 위의 흰 찻잔,
거룻배를 타고 낚시하던, 회남면* 저수지의 수련,
젖은 귀밑머리 아래, 볼이 연꽃잎처럼 하얀 여자,
들이치는 물살에 치마가 연잎처럼 펼쳐진다

뻐끔뻐끔, 입질하는 붕어처럼 떠오르는 기억들
거품이 되어 대야를 넘쳐흘렀다
묵은 땟물이 나오지 않을 때까지 씻고 또 씻었다
솜털 보송보송한 타월을 사려, 대청호에 가야 할 것 같았다

청소를 마치고 침대에 누워 눈을 감는다
세탁기 급수조의 물 차오르는 소리가 온 방 가득 찬다
둥둥, 내 몸이 연잎 위로 솟아올라 떠다닌다

둥둥, 흰 연꽃이 배 위로 솟아올라 떠다닌다
둥둥, 붉은 연꽃이 가슴 위로 솟아올라 떠다닌다
둥둥, 꽃잎이 하늘 위로 솟아올라 떠다닌다.

＊ 회남면 : 대청호가 조성되어 많은 평야지역이 수몰되었다.

나의 어머니

고인이 되신 어머니를 생각할 때는 언제나 죄스러움이 앞선다. 생전에 자식 노릇을 제대로 못했기 때문이다. 낡은 앨범을 뒤적이다 1940년대에 해운대 경주 등지에서 찍은, 빛바랜 흑백사진에서 신혼의 부모님 모습을 보면, 세월의 무상함을 실감한다. 내가 기억할 수 있는 가장 먼 과거는, 다섯 살 무렵 집에 도둑이 들어서 소란 중에서도 나를 안아주시던 어머니의 따스한 품이 아직도 아슴푸레 느껴진다. 그 당시 아버지는 부산 서면에서 섬유공장을 운영하고 계셨다. 내가 초등학교에 입학할 무렵에 인척의 빚보증으로 공장이 부도가 나서 경제적으로 어려움이 시작되었다.

섬유공장을 처분하신 후 아버지는 한전에 몇 년간 근무하셨다. 외갓집이 있는 일광의 마을에 인근 다른 지역보다 앞서서 전기 가설을 해서, 멋진 턱 수염을 가진 외조부님이 기뻐하시던 모습이 아직도 기억이 난다. 아버지는 다시 사업을 하시려고 한전을 퇴직하셨으나 뜻대로 되지 않아 살림살이가 궁핍하게 되었다. 초등학교 5학년 무렵에는 청과시장에서 과일 장사를 하였는데, 뭉개어져서 상품가치가 없는 과일을 마음껏 먹을 수 있는 재미로 방과 후에는 가게에 자주 나가 지내곤 하였다.

부산의 전포동 산비탈의 판자촌에 살게 된 중학교 시절, 어머니는 부업으로 말분가루 반죽을 토끼 똥처럼 토막토막 잘라서 기름에 튀겨 '다라이'에 이고 다니시며 동네 구멍가게에 파셨다. 팔고 남은 과자로 우리 5남매는 좋아라 하며 과자파티를 하였다. 어쩌면 다 팔 수 있었는데도 남겨왔을지도 모를 어머니의 과자였다. 그런 우리들을 뒤에서 눈물 훔치시며 보고 계셨다.

그 시절에는 집집마다 토끼를 많이 길렀었다. 아카시아 잎을 따다 먹이고 청과시장에 가서 배추 잎을 주워서 먹였다. 어미 토끼가 되자 어머니는 토끼고기를 백숙처럼 요리해 주셨다. 처음에는 망설이다가 어머니의 다그침에 정신없이 먹었던 기억이 난다. 겨울철에는 연탄가스에 중독되어 두통 때문에 학교도 가지 못한 적이 있었다. 어머니가 떠다주신 동치미 국물을 마시며, 추운 날 방문을 열어놓고 하루 종일 누워 지내기도 하였다. 머리도 아프고 속도 울렁거렸지만 학교에 가지 않아도 된다는 것이 좋았던 철없는 시절이었다. 산동네에 살았기 때문에, 두 분은 밤중에 화장실 분뇨를 물지게에 담아 뒷산에 버리시기도 하였다. 그때는 몇몇 부잣집을 빼고는 모든 부모님들이 자식들을 위해서 무척 고생스럽게 사셔야 했던 시절이었다.

내가 고등학교에 진학한 후에는 아버지가 식료품상과 곡물 중개상을 하면서 조금씩 경제사정이 나아지게 되었다. 대학 시절에는 부전시장에서 곡물상회를 하게 되어 생활이 나아지게 되었다. 내가 의과대학 본과에 진학하게 되는 겨울, 지방에 곡물을 수집하려 다니시던 아버지가 장티푸스에 걸려 입원하시게 되었다. 원래 위궤양이 있으신 데다 장출혈이 생겨서 두 차례나 수술을 받았으나 끝내 운명하셨다. 마지막 숨을 거두실 때 내가 병상을 지키고 있었다. 사람이 죽는 순간을 지척에서 보기는 처음 있는 일이라 충격이 컸다. 나를 보호해 주던 세상에서 가장 든든한 보루가 무너지는 느낌이었다. 지금의 나보다 십 년이나 젊은, 50세밖에 되지 않는 아까운 나이의 죽음이 아닐 수 없었다. 그렇게 바라시던 의사 아들의 모습을 보시지도 못한 채 고생만 하시다 돌아가신 것이다. 슬픔보다 죄스러움이 더욱 컸다.

마흔여덟에 홀로 되신 어머니는 혼자서 곡물상회를 꾸려가셨다. 아버지가 하시던 일을 억척스럽게 해내셨다. 나는 본과 2학년 때는 일 년 휴학을 하고 가게 일을 도왔다. 결국 동생이 대학 진학을 포기하고 곡물상회를 맡아서 하기로 하고 나는 복학했다. 그 후 어머니는 당뇨병이 발병하여 고생하셨다. 부산 집에서 동생과 함께 장사를 하시었다. 그래서 서울에 올라오셔도 친구도 없고 적적하시어, 나의 집에는 일주일 이상 계시지 못하였다. 내가 내과의사이지만 제대로 충분히 당뇨병 관리를 해 드리지 못해 죄스럽게 생각했다. 중년에는 비교적 뚱뚱한 체격이었는데 노년에는 점차 야위어 가셨다.

변비로 오래 고생하시다 칠순에 들어서 대장검사를 받은 결과 대장암이 진단되어 서울에서 수술을 받으셨다. 5년 뒤 대장암이 재발되어 두 번째 수술을 받으셨는데 항문을 살리지 못해 장루수술을 하셨다. 말년에는 뇌졸중까지 생기시어 반신불수로 1년 남짓 서울의 나의 집에서 거의 와병생활을 하셨다. 장루 청결을 나와 아내에게 의존하게 되어 항상 미안해하셨다. 종국에는 오줌도 가리지 못하게 되어 기저귀를 차셨다. 나중에는 음식도 제대로 먹지 못하게 되어 미음이나 영양주사에 의존하게 되었다. 가끔 휠체어에 앉아서 베란다의 유리창 밖을 하염없이 보시며 눈물을 지어셨다. 때로 기저귀를 갈 때나 장루 청소 때 나의 짜증스런 구박을 받으시기도 하셨다. 야윈 몸으로 웅크리고 계신 모습을 보면서 인내심 없는 나를 자책하기도 하였다. 끝내 79세로 운명하셨는데, 돌아가실 때에는 체중이 불과 30kg 남짓밖에 되지 않아, 피골이 상접한 상태로 아이처럼 가벼웠다. 눈물이 그칠 줄 모르고 나왔다. 어머니의 유언에 따라 화장해서 뼛가루를 산에 뿌렸지만, 아버지와 함께 모시지 못하여 언제나 죄스러운 마음을 떨칠 수가 없다.

일제치하, 육이오사변, 가난, 병마 등의 고난을 운명처럼 받아들였던 어머니. 그런 중에도 좌절하지 않고 꿋꿋이 살아가신 어머니의 일생은 순종과 인내의 생이었다고 생각된다. 어머님, 생전에 효도를 다하지 못한 죄인 자식을 용서하옵소서!

김영은

- 내면을 탐색하다
- 일인극
- 해킹당하다

〈산문〉
- 울음의 길목마다 묘약이
  돼주던, 커피는 인생이다

내면을 탐색하다

굳은 흙을 파헤친다 무덤 속 내 주검이 눈 뜬다 총알 같은 눈알로 나를 쏘아본다 처음 보는 짐승이다 저건 뭐라는 이름의 짐승이지? 내 주검이 저런 짐승이 되었다니… 눈에서 타오르는 저 불길, 나는 본능적으로 몸을 움츠린다 쓰러뜨리고 짓밟으며 내가 먹은 것들이 이제 나를 먹으러 달려들 기세다 내 안에 저런 사나운 짐승이 살고 있었다니…

나는 다시 다른 무덤들을 파헤친다 사슴, 파랑새, 들꽃들이 줄줄이 엮여 나온다 그것들에게 열심히 인공호흡을 한다 나는 본시 그런 것들의 무덤이었으므로…

산새 한 마리 포르르 날아와 기억의 가지 끝에 앉는다 툭툭 들꽃이 돋는다 다람쥐가 달려간 오솔길 끝이 환히 밝고, 길섶에 핀 동자꽃 처녀치마 금낭화의 해맑은 웃음, 그것들은 본시 내 기억의 깊은 쪽에 뿌리가 닿아 있다 아름답고 평화로운 것들도 때로는 슬프다 너무 오랜 동안 헤어져 있었기 때문일 것이

이제 나는 나무의 수액으로 목을 축이고 들꽃의 뿌리를 씹는다

아직도 그 짐승, 무시로 내 숲을 널름대는 그 짐승이 사라질 때까지.

일인극

티브이를 보다 무심코 돌린 시간의 쳇바퀴
덜컥! 주말 연속극에 걸린다
여주인공은 연속적으로 눈물을 뽑아내고
거실바닥에 차오른 그녀의 눈물에 잠긴다
화면 속에선 바바리코트 남자가 고전적으로 그녀에게 손수건을 내민다
와인 잔에서 출렁이는 슬픔의 진액
벽이 너무 높아요, 그녀가 울며 유리벽을 넘는다
포도주빛 꽃 무더기, 무더기가 나를 삼킨다
어디서 인생은 굴절되는 걸까
여주인공은 아직 슬픔의 강을 건너는 중
그녀가 풀어놓은 슬픔의 강은 유리잔 속에서 깊고 푸르다
바바리코트 손을 잡고 그녀가 와인잔 안으로 걸어간다
그들의 뒷모습이 점점 사라지고
화면은 박장대소를 치며 개그맨들을 꾸역꾸역 토해낸다
그런 거지, 인생은 뭐 그런 거지, 티브이가 혼자 중얼거린다
무대 위에 덩그라니 다시 혼자다

해킹당하다

평상에 벌렁 누워 하늘의 모니터를 읽는다
새털구름 몇 점으로 문장을 만들면
자귀나무 꽃술에
무작정 달려드는 까만 나비들의 부호
땡볕은 고요한 여름을 산문으로 풀어내고 있다
순간 지루함을 압축하는 산새 한 마리
소리 하나로 나른함의 가지를 쳐내고
명징하게 다듬어지는 문장
행간에서 침묵하는 하늘에
누군가 수상한 바이러스를 접속한 걸까
구름은 어느새 궁서체로 문체를 바꾸고
중심을 놓쳐버린 허공에서
허둥대며 뛰어내리는 굵은 사선이 문장을 지운다
바이러스에 감염된 천지가 먹통이 되고
클릭되지 않는 나무와 꽃들

문득, 가슴의 모니터로 뛰어드는 한낮의 이 서늘함

울음의 길목마다 묘약이 돼주던, 커피는 인생이다

상처의 덧남, 혹은 치유. 상처는 그리움이기도 한가. 한 잔의 커피 앞에서 마음이 깊어진다. 쌉싸름도 하고 시큼한 것이, 상처의 맛인가.

상처든 그리움이든, 막막함의 울음이 있는 길목에서 묘약이 되어주던 것이 커피였다. 이만큼 살아옴에 운명적인 발병과 치유의 혼돈을 함께 했으니.

꽃향기 같은 아로마의 나른함에서 몰입의 순간 떠오르듯 사라지는 감각들, 그리고 황홀한 아픔, 마약 같은 슬픔. 이런 것들이 스치는 건 유치함이 아직도 내게 남아 있는 모양이다. 도대체 커피와 내 인생이 어쨌다는 건가. 커피를 습관적으로 마셔대는 내력을 이렇게 구차하게 설명하려는 건가. 아마도 그럴 것이다.

커피라는 단어 앞에서 어느 한 시절이 불쑥 뛰쳐나왔으니. 까마득한 기억의 회로에 갇혀 있었음을, 이미 딱지가 앉아 말끔해진 상처를 북북 긁어대며 재발하는 이 가려움증은 또 뭔지. 피가 타들던 젊은 날의 사랑이 아직 유효하다고 억지를 부린다면, 그 또한 나이듦을 인정하는 얼마나 큰 쓸쓸함인가. 초가지붕에 피어오르는 저녁연기처럼 고즈넉한 추억들…

몹시 눈이 내리던 날이었다. 하늘과 땅이 맞붙어버린 듯 세상은 온통 눈덩이로 뒤덮여 있는데 방향도 없이 그냥 헤매던 날이 있었다. 눈에

띄는 공중전화기에 매달리기도 했지만 끝내 선배의 목소리는 돌아오지 않았다.

덕수궁 근처였다. 길이란 다방은 여전히 쓸쓸하고 조용했다. 창밖에 흩어지는 눈발처럼 공허한 음악. 구석 테이블에 머리를 맞댄 한 쌍의 비밀회담 같은 대화. 난로 위에서 끓고 있는 보리차 냄새. 그때, 세상을 향해 겨눈 그 들끓음은 무엇이었던가. 커피를 마셨지만 향을 음미하기보다는 목울대를 넘어오는 어떤 뜨거움을 삼키려고 커피를 한 모금씩 마셨을 뿐이다. 진정 커피 맛도 모르고 그윽한 향을 느끼기에도 턱없이 조급한 강박증으로 가끔 머리를 치는 둔탁한 종소리를 화두로 끌어안았다. 펼쳐질 미래의 불확실성에 진저리를 치며.

한일회담 반대로 학생들의 데모가 산발적으로 일어났고 학교 철문은 굳게 닫혔다. 몇몇 단과대학 간부들이 모종의 회의 장소로 연락 받은 곳이 길이란 다방이었다. 거의 모였을 때 사복 경찰이 잠복했다는 쪽지가 손에서 손으로 전해졌고, 우리는 당황하지 않고 하나둘 다방을 빠져나와 흩어져야 했다. 모임을 주도했던 선배의 소식은 한동안 감감했다. 경찰에서 풀려나고 바로 입대했다는 소식은 나중에 알게 됐지만.

무슨 애국정신이 투철했던 게 아니고 선배를 향한 지독한 사랑에 물불 모르고 뛰어들었다고 이제야 고백한다. 데모가 끝난 후로도 나는 여전히 덕수궁 근처, 길 다방에 앉아 있곤 했다.

덕수궁 돌담길을 얼마나 많이 걸었던가. 가을이면 노란 은행잎이 융단처럼 깔린 황홀한 그 길은, 마치 누군가에게 덜미가 잡혀 빨려들 듯 뿌리칠 수 없는 유혹이기도 했다. 돌담을 끼고 돌아 정동으로 이어지는, 연인들에게 너무 익숙한 길이었고 그 길을 걷는 연인들은 사랑이 이루어지지 않는다는 징크스가 있기도 했다.

약속도 하지 않은 선배를 기다렸던가. 문소리가 날 때마다 문쪽을 바라보며, 마룻장이 삐걱거리는 발자국 소리에 온 귀를 열어두고, 그리고 커피를 마셨다. 비로소 커피의 진정한 맛을 말초신경까지 짜릿하게 받아들이며, 자신을 비웃으며, 거역할 수 없는 운명 같은 걸 생각했을 것이다. 만남도 사랑도 또 헤어짐도… 그때 마신 커피는 무슨 음료라기보다 주술적인 의미를 멋대로 부여한 사약이었을까. 내 사랑 여기에 묻다, 뭐 그런 치기어린 문구도 떠올렸을 테고 이 커피를 마시고 또 마시며 지우리라는 단호한 의지를 나름대로 설정해 놓기도 했을 것이다. 그리고 인생의 방향을 틀기로…

내 젊은 날의 사랑은 반짝이는 유리구슬이라기보다 인생을 관조하는 저 밑바닥의 어둡고 침울한 구석에서 화석이 돼버린 굳은살 같다. 각질처럼 일어나 자칫 쉽게 현실과 타협하려는 감성을 날카롭게 벼리는, 길 다방에서의 커피 한잔같이.

그렇게 커피는 내 인생에 끼어들어 자릴 굳히게 됐다. 글을 쓸 때는 연거푸 커피를 마셔댄다. 고질적 습관이다. 글쓰기란 것이 예리하게 날 세운 의식을 앞세우고 들고 일어나는 상처에 쩔쩔매면서도, 기억의 어느 틈서리에 박힌 말까지 찾아내야 하지 않던가.

길모퉁이나 골목 안, 한적한 찻집에 들어가 창가에 자릴 잡고 느긋하게 마시는 커피. 난 그 짓을 무척 즐긴다. 창가에 피어 있는 제라늄 꽃잎도 들여다보고 창밖으로 지나가는 사람들의 얼굴 표정도 살피고, 어슬렁거리는 시간을 우두커니 바라보기도 하고, 그러다 보면 어느덧 내면으로부터 슬그머니 걸어 나와 내 앞에 앉는 또 다른 나와의 조우. 반갑다. 내가 밀어낸 시간 밖에서 떨며 허기졌을 나를 들여다보며 가슴이 짠해진다.

지금은 에스프레소의 크레마를 핥으며 내 인생의 끝점, 결연한 부호를 생각하고 있는가. 추억으로 가는 모든 길 다방의 커피 한잔을 위해 오늘도… 그러나 여전히 떨칠 수 없는 이 참담함.

김영호

고래 시인

바다와 마주 앉아
늦도록 술을 마시니
안개 속 섬이 고래처럼
아니, 고래가 섬처럼 떠오르고
어느새 그 굽은 등에 가서
나의 마른 몸이 업히네
아니, 그 고래가 나의 비통한 생(生)을 업고
한 편의 항해 시를 쓰고 있네
술은 바다가 마셨는데
취한 것은 고래인가
바다 치마폭을 찢어 발기며
온몸을 뒤채는 저 고래
폭풍 속 천리를 달려 본 자 만이 쓸 수 있는 몸의 언어로
암흑 속 만리를 고행한 자 만이 얻을 수 있는 시의 피로
마셔도 마셔도 취하지 않는 나의 심장을
어루만지네

아픈 자 만이 아픈 자를 업어주고
외로운 자 만이 외로운 자에게 업히는 것

폭풍 속 밤새 순례의 길을 가는 저 고래 시인
정신은 푸른 칼날
다만 몸만 취한 척 뒤채는 것이네.

휘트먼의 모자 시

미국의 시선 월트 휘트먼은 평생을
중절모를 쓰고 비스듬히 살았다
독신으로 산 그에게 모자는 친구요 애인이었다
남북 전쟁 시 남성간호부였던 그이,
모자는 부상병을 싸매주는 붕대였고
죽어가는 병사의 베개였다
산책할 때 모자는 호두나무 숲이었고
풀꽃은 그의 모자 시였다
바닷가에서 시를 주울 때 모자는 조개껍질이었고
그의 밤을 함께 울며 지새우던 부엉새였다
서른일곱에 태풍 같은 큰 병을 얻은 그에게,
모자는 그의 간호사 애인,
링컨의 민주주의는 라일락꽃 모자 시집이었다
모자는 그의 숨겨논 여인들이고 그녀들이 키운
일곱 명의 사생아는 곧 그의 모자 꽃이었다

나도 휘트먼을 따라 언제부턴가 모자가
나의 몸이 되었다
모자는 나를 데리고 방랑길을 떠나고
가다가 주막집에서 술을 마신다
모자는 내가 아플 때 책을 읽고
좋은 글로 약을 달여준다
내 귀 안에서 풀벌레들 울 때 기적 소리와

시냇물 소리를 데려와 달래준다
창밖에 비가 내릴 때 나는 술을 마시고
모자가 시를 쓴다
모자가 독거시인이 되어 시를 운다

나의 모자는 숨겨놓은 나의 별이 선물한 눈물의 화관이다.

시의 여정

사철이 어둡고 황량한 이 시대
오늘도 어제처럼 세상 밖으로 쫓겨나
발을 구르는 나의 마른 그림자
키 큰 늙은 미루나무
장맛비에 무릎이 휘고 허리가 휠 때
순간, 불붙은 날개로 달려드는 광기의 시신(詩神)—태풍은
지구바퀴를 세차게 굴리고 굴려
나무도 나의 몸도 우주의 한 블랙홀 속으로 몰아갔다

휴지처럼 쓸려가는 지구, 그 등 위로
나의 전체를 들어 올렸다 내려놓고
불손으로 북을 치며 그 광신은
내 정신의 흰 뼈만을 추리고 추렸다

날선 바위섬에 나의 몸을 끌어안고
온전히 부서질 때 그 바람신은
내 가슴에서 못을 뺏고
못이 빠져나간 가슴속 원고지 칸마다
그의 뜬눈한 피의 말씀
그의 불붙은 뼈의 말씀을 채웠다

그 숨 가쁜 소용돌이 속
천궁의 연옥을 다녀온 나의 생

여전히 죄가 안개비 자욱한 이 겨울나라에
다시와
마른 가지처럼 흔들리는 내 손가락 끝에
살며시 벙그는 한 송이 백합꽃 시, 수줍다.

속삭임과 어루만짐의 미학

새벽은 축복의 시간이다. 새날을 선사하는 빛의 여신, 여명을 만날 수 있기 때문이다. 밤의 침상에서 일어나 핑크빛 란제리를 입고 지구의 창문을 두드리는 태양은 사랑의 빛으로 천지를 운동케 한다. 여명은 창조자의 황금 손길이요, 태양의 애인이다. 아침 해는 자신의 얼굴을 실크 드레스로 가린 채 나무들의 얼굴을 어루만지고 잠을 깬 잎사귀들은 사랑의 은총에 감사하는 눈빛으로 행복해한다. 생명의 여신은 이렇게 만물을 어루만짐으로 사랑의 정신을 불러일으키고 인간의 영혼도 생명과 사랑으로 충만케 한다. 풀잎들과 꽃나무들이 여명의 축복 속에 노래와 춤으로 사랑과 생명의 향연을 즐기고 나도 그들 속에 형제애를 나눈다. 새벽빛은 이렇게 은혜의 눈을 뜨게 하는 경건한 종교적 시간으로 온다. 나무는 창조자가 사는 사원이다. 그 나무 몸 안에서 태양의 심장이 뛴다. 나의 가슴속에서도 나무의 심장이 파도치며 해의 심장이 고동친다. 나무 잎사귀를 흔들어 태양이 시를 쓰고 나의 귀에 미풍이 그 시를 읽어준다. 여명 속에서 하늘과 지상이 영혼으로 한몸이 되고 자연과 인간이 결합된다. 여명은 나를 이 사랑, 생명 그리고 조화의 세계를 즐기는 신생아로 탄생시키고 잠든 지구를 깨우는 태양의 시인으로 키운다.

황금빛으로 가득한 하늘엔 마지막 별 하나 남아 있다. 생명과 소멸이, 만남과 이별이, 기쁨과 슬픔이 합류하는 지점에서 별은 신묘한 색채와 율동의 조화를 보여 만물의 영혼을 정화한다. 천궁혼과 지상혼, 빛과 어둠이 교차하는 여명 속에서 별은 멀리 떠난 사람을 불러오고 나의 가슴속에 사랑의 기쁨과 아픔의 정서를 샘솟게 한다. 여명은 새들의 날개를 어루만져 깨우고 그들의 혼을 별에게 인도하여 사랑의 노래를 시킨다. 별은 나무잎사귀들의 몸 안에서 사랑의 기쁨과 슬픔을 소리와 춤으로 시 쓴다. 여명은 어두운 나의 두 귀를 새 둥지 속으로 옮겨 별의 사랑의 리듬을 울게 한다. 새의 노래 속에 내 몸 안의 음악이 우주적으로 공명하는 것이다. 내 안에 새가 별의 시를 속삭인다. 여명 속에 만물은 속삭인다. 속삭임, 그 얼마나 고귀한 신의 선물인가? 이렇게 새벽 여신은 모든 개체를 다채로운 음악과 율동으로 사랑의 운동을 하게 하는 시의 어머니다.(힌두교에서 아버지는 곧 어머니라 한다)

여명 속에 이같은 우주 운동의 사랑 리듬이 나의 가슴에 창조적 정서를 낳는다. 나의 혼이 우주의 리듬을 시로 운다. 내가 우주 만물과 하나가 되는 사랑, 통일, 조화, 결합, 자유의 높은 시정신에 순례자가 되게 한다. 우주와의 하나됨이 나의 시의 종교가 된다. 만물이 나의 몸이요 마음의 상징시다. 우주가 나의 자유 영혼으로 운동한다. 태양이 어머니의 손길로 나의 상처를 어루만지고 아버지의 눈빛으로 놀란 피를 달래 준다. 여명은 명상의 감정을 일으켜 상실, 공포, 슬픔의 굴레에서 내 혼의 날개를 펴 비상하게 한다. 나에게서 해방된 내가 사랑의 정신으로 극치에 이르게 한다. 평생을 보고 싶던 내 진상이 나뭇가지 사이로 걸어 나온다. 남은 여생이 희망에게 더 이상 속지 않을 것 같다. 내 몸 안에서 함박꽃이 속삭인다. 하늘과 땅 사이 생명과 사랑이 충만하니 만물이 나를 중심으로 가족처럼 다가와 손을 잡고 어루만진다. 나의 귀 안에서 맑은 시냇물이 속삭이고 사과꽃이 나의 심장을 어루만진다. 어루만진다. 어느덧 나의 손도 한 잎의 풀을 어루만지고 있다.

김인육

- 자화상
- 잘 가라, 여우
- 중광아, 걸레야

〈산문〉
- 추억을 미안해하지마!

자화상

어이, 똥방위!
세상은 나를 그렇게 불렀다
아버지가 안 계신 덕에
사지 멀쩡한 나는, 방위병이 되었다
세상은, 내 심연까지 쫓아와 마구 똥칠을 해댔지만
끝내 나는 울지 않았다

누가 뭐래도 나는
도시락을 흔들어 적의 레이더를 교란하는
신통력의 방위였으므로,
젓가락을 두드려 적의 무선통신을 마비시키는
전설의 방위였으므로…
오래 핀다는 남도의 백일홍도 석 달이면 끝장이 났지만
푸른 개구리복의 나는
6개월 동안이나 꽃방위로 피어났다

대위 위에 방위 있고
방위 위에 꽃방위 있다고
어떤 이는 내게
부러움의 꽃가지 후드득 던졌지만
그래도 나는 부선망독자
하늘 아래 아버지가 없는 고독한 아들

신의 아들도 꽃의 아들도 아닌
죽은 아비 그리운 쓸쓸한 사내
아아, 아픈 똥방위!
슬픈, 꽃방위!

잘 가라, 여우

바람 속으로 긴 꼬리 가오리연을 띄운다
여름이 가고 있다
폭풍 속
영혼을 탕진한 나의 여름은 컹컹 울부짖으며 가고 있다

꼬리가 긴, 그녀는 틀림없는 여우
나의 간을 빼내어 호호 갖고 놀던 여우
바람이 부는 저녁
긴 머릿결의 여우가 날아오른다
살랑대며 바람을 타는 유연한 꼬리
나, 홀딱 홀리어서 죽음도 두렵지 않던 마법의 긴 꼬리
빙글빙글 바람을 굴리며 재주를 넘는다

붉게 울음 우는, 미친 꽃아
두 눈 숭숭 불타버린, 청맹과니 꽃아!
너도 더듬더듬 허공을 짚으며 길 떠나는구나
거친 바람 속 선혈의 낙화송이 흩날리는 해거름
내 간을 빼내, 호호 갖고 놀던
홀린 사랑을 날려 보낸다

깊은 어둠이
어둠보다 더 깊은 절망이 야수처럼 오기 전에
손목의 동맥을 끊듯 이제 연줄을 끊어야 할 시간

바보 같은 열망을 뚝, 끊어야 할 시간
빙글, 재주를 넘으며 내 넋 달뜨게 호리던
긴 머릿결의 여우를
푸드득, 새처럼 날려 보내야 할 시간

중광아, 걸레야

걸레스님
중광아, 네가 틀렸다

인생,
'괜히 왔다 간다'고
결국 가야 할 길, 온 것부터가 잘못이라고
넌 생의 마지막 인사를 그렇게 했다만
미안하지만
중광아, 네가 틀렸다

올 때는 수건이었다가
갈 때는 걸레인 인생에 대해
너는 못마땅했겠지만
그 걸레에 대해, 걸레가 된 생에 대해, 나는 경의를 표하나니

저기, 시장 한구석 서릿발 그득 엉겨붙은 저 할머니
늦가을 홍시처럼
금세, 툭, 떨어질 것 같은 아슬아슬한 목숨을 매달고
푸성귀 몇 무더기로 소신공양하는 生을 보아라
어미아비 다 버리고 간 어린것 지키기 위해
온종일,
시장 바닥에 껌처럼 붙어 있는
저 위대한 걸레를 보아라,
반가부처를 보아라,

추억을 미안해하지마!

사람은 뜻하지 않게 죄를 짓고 삽니다. 그리고 그 죄를 갚지도 못한 채 가슴에만 천근의 무게를 얹고 살아가기도 합니다.

바닷가 작은 학교에 착하고 아리따운 소녀가 있었습니다. 어느 날 도라지꽃 같은 그 소녀에게 나는 짓궂은 장난을 걸었습니다. 그녀는 내 뒤를 쫓아 달려왔고 나는 잡히지 않으려고 달려오는 그녀 앞에 의자를 획 밀어뜨렸습니다.

아아, 그런데 그게 사고였습니다. 그녀는 그 의자를 미처 피하지 못하고 그대로 나뒹굴었습니다.

나무의자에 엉킨 채 들꽃처럼 쓰러져 있었습니다. 덫에 걸린 고라니처럼 신음하고 있었습니다. 나는 그날 오후 오래도록 벌을 서야 했습니다. 팔이 끊어져 나갈 듯 아팠지만, 고라니처럼 신음하던 그녀의 모습이 떠올라 울 수조차 없었습니다. 다음날도, 그 다음날도 그녀는 보이지 않았습니다. 교정 그 어디에서도 그녀의 고운 모습은 볼 수가 없었습니다. 해맑게 피어났던 교정의 꽃들도 시름시름 시들고 있었습니다.

며칠 뒤, 해쓱해진 모습이긴 하였으나 목발을 짚고 절뚝이며 그녀가 나타났습니다. 나를 보자 방긋 웃어주기까지 하였습니다. 나는 민망한 죄책감에 그녀를 똑바로 바라볼 수가 없었습니다. 그녀는 농담인지 진담인지 모를 한마디를 내게 던졌습니다.

"너, 앞으로 나 책임져야 해!"

가을이 가고, 겨울이 가고, 우리의 철없는 유년 시절도 끝나가고 있었습니다. 우리는 나란히 중학교에 입학을 하였으나, 나는 그곳을 떠나 먼 도회지로 전학을 하였습니다. 그 후로 그 일도 그녀에 대해서도 시나브로 잊게 되었습니다.

30년이 훌쩍 지난 어느 날, 우리는 초등학교 동창회에서 다시 만났습니다. 그것도 고향에서 천리나 떨어진 서울에서 말입니다. 가을국화 같은 그녀를 나는 첫눈에 알아보았습니다. 그녀도 나를 보고 무척 반가워했습니다. 흘러간 30년의 세월이 되돌아와 우리 곁에 앉아 있는 듯했습니다. 다행히도 그녀는 행복하게 잘 살고 있었습니다. 그리고 여전히 아름다웠습니다.

우리는 그동안의 살아온 온갖 시시콜콜한 얘기들을 맥주잔에 부딪혀가며 주고 받았습니다. 아이들 이야기며 남편 이야기, 부동산 이야기까지 말입니다. 그리고 그녀가 말했습니다.

"나, 30년 동안 한 번도 등산 같은 건 못해 봤어. 네 덕분에 한쪽 다리가 지금껏 말을 잘 안 듣지 뭐야…."

그녀가 환하게 그러나 조금은 씁쓸하게 웃으며 말했습니다.

나는 놀라고 무안해서 어쩔 줄 몰라했습니다. 정말하지 땅이 꺼지는 아뜩함으로 추락하는 기분이었습니다. 그러나 그녀는 싱긋 웃으며,

"괜찮아, 추억은 미안해하는 것 아니야. 그냥 소중할 뿐이지!" 하며 다시 한 번 가을 햇살처럼 맑게 미소를 지어주었습니다.

아아, 한 번도 나는 그녀를 책임지지 못했었지만, 착한 그녀는 처음부터 그 옛날부터 나를 용서하고 있었나 봅니다.

김정임

- 유모세포
- 느티나무 방
- 소실점

〈산문〉
- 내 시 속의 작은 어머니

유모세포*

그녀는 일생을 내 귀 속 달팽이관에서만 살지
물과 돌멩이와 공기를 흔들어서 소리를 만들지
그녀는 먼 들판 끝 나뭇가지의 떨림이라든가,
나이테가 제 몸에 길을 묻는 노래를 들려주고 싶어 하지
내 깊은 곳에 있는 당신이 궁금해질 때 연못에 제 모습을
비춰보듯 당신이 벗어놓은 깊은 침묵으로 나를 천천히 읽으라 하지
작은 귓바퀴로 드나드는 말은 가벼워서 자꾸만 흩어지지
누군가 베어 먹은 말, 상처 난 말, 입속에서 마모되는 말
실오라기 하나 걸치지 않은 나의 말은
당신에게 건너가지 못하고 내 마른 혀가 뱃속에 삼켜버리지
심해어처럼 눈이 퇴화된 그녀가 물과 공기를 뿌려주면
당신이 떠난 하얀 공간에 물 먹은 고요가 자라지
그런 날이면 해가 들지 않는 그녀의 작은 방 속으로
끝없이 나를 숨기고 싶어지지

* 청신경을 통해 뇌로 소리 전달.

느티나무 방

물결무늬 다듬잇돌과 느티나무 방망이가 화석처럼 놓여 있다 먼 길을
걸어온 어머니의 숨 찬 다듬이소리가 물결무늬 속에서 들려온다 노래
처럼 듣고 자랐던 다듬이 소리는 돌아갈 수 없는 심연이기에 사각의 돌
밑 그늘이 더욱 깊고 어둡다

햇살이 미역 줄기처럼 잘 풀어지는 날 어머니의 방망이 소리가 시작
되고 고무줄처럼 팽팽히 당겨진 풀 먹은 다듬이 소리는 숨찬 휘모리에
닿아, 한 호흡 머뭇대다 가파른 언덕을 내려오곤 했다 고저장단을 오가
는 다듬이 소리 사이 아무도 못 보는 어머니의 응어리가 풀어졌으리라

풀물이 든 이불을 덮고 자는 날은 내가 뒤척이는 쪽으로 나뭇잎들 사
각사각 몸을 뒤집어 어디론가 끝없는 밤을 떠밀어갔고 다듬이 소리에
딸려온 느티나무 영혼이 내 어린 잠 속에 누워 나란히 숨 쉬던 방, 오래
지 않아 많은 일들이 느티나무 방을 스치듯 지나갔지만 천 개의 이파리
가 맨발로 밀고 가던 푸르고 흰 밤은 다시 돌아오지 않았다

소실점

쇠무릎 군락지에 갇힌 어린 바다제비
뾰족한 가시에 꿰어진 양 날개는
파닥일수록 죽지를 파고드는 올무다

동물의 영혼으로 다가오는 풀잎들
천 개의 이파리가 혀를 내민다
그 입속으로 허기가 채워진 만큼
곧 붉은 슬픔이 고일 것이다

수렵시대의 지도를 거슬러 가면
사냥터에서 돌아오는 사내의 늦은 저녁이 있고
번제물로 바쳐진 짐승의 울음소리는
사내의 뱃속에서 또 다른 슬픔을 불렀을 터
배고픈 저녁 식탁에서
허기진 사랑을 내가 곱씹어야 하는 까닭은
수렵시대부터 걸어온 사내와 내가
화면 안쪽에서 아슬하게 외줄 타는 내 모습을
누군가 비추고 있다

내 시 속의 작은어머니

어릴 적 자주 드나들었던 고향마을의 작은집은 이제 빈 집이 되었다. 남편과 사별 후 고향을 지키던 올케 언니가 떠났기 때문이다.

사촌 오빠의 아내로 25년을 서러운 날들만 살다가 결국 자신의 친정으로 떠났다.

뒷마당에 서서 그녀가 심어 가꾸던 매실나무와 두릅나무의 연둣빛 이파리들을 보는 순간, 이상하게 가슴이 서러워지며 울컥해진다. 연둣빛 봄날 풍경이 오늘은 유난히 슬픈 빛깔이다.

작은 어머니께서도 이곳에서 아주 곤궁한 삶을 살다가 일찍 세상을 뜨셨다.

가난과 남편의 잦은 술 주사를 온몸으로 받아내다 마흔에 세상을 뜨시고 말았던 작은어머니. 슬픔으로 가득 찼을 마음일 텐데 내가 가면 안아주며 언제나 먹을거리를 주시곤 했다.

장날이면 작은아버지의 손장단은 더욱 거칠어졌고 멍이 지워질 새 없는 몸으로 놋쇠뚜껑을 행주로 닦아내며 그 가슴 안으로 고인 눈물방울도 말끔히 닦아내곤 했었다

—〈작은엄마의 보리개떡〉 부분

내 시 속의 작은어머니의 모습이다.

작은어머니가 돌아가신 그 집에 올케 언니는 어리고 아름다운 나이에 시집왔다. 오빠에게서 사랑과 존중을 받지 못한 그녀 역시 불행하게 살았다.

교통사고로 척추를 다쳐 꼼짝 못하는 오빠의 병수발을 15년 동안 극진히 했으며, 심성이 사나웠던 오빠는 아파 누웠어도 그녀에게 입에 담지 못할 욕설로 자신의 짜증을 쏟아내곤 했다. 2년 전 오빠가 세상을 뜨자 그동안 병수발로 목이며 어깨며 손목, 성한 곳 없이 아픈 몸으로 이제 자신이 태어났던 고향으로 떠나갔다.

남자들은 대를 이어 여자들을 억압했고, 여자들은 대를 이어 혹독한 고생을 하며 파란만장한 삶을 살다 떠난 이곳은, 사람의 체온을 잃어버린 빈 집이 되어버렸다.

앞으로는 자주 만나 볼 기회가 없을 것 같아 그녀를 위해 따뜻한 밥 한 끼 대접하고 싶어 식당에 마주 앉았을 때, 식사 내내 그녀는 자꾸만 울기만 했다. 우리 집안의 아픈 가계 때문에 나도 함께 따라 울었다.

그녀가 가꾸던 뜨락에 철쭉꽃이 활짝 피었다. 언제나 웃음을 잃지 않으려 애썼던 고운 마음처럼 뜨락을 환하게 밝히고 있다. 작은어머니의 마음이 살아 돌아와, 아직도 젊고 예쁜 며느리의 등을 가만히 떠밀어내며 자유를 허락했을 것이다. 아픔만이 승했을 기억들을 모두 잊고, 억눌렸던 며느리의 생이 이제는 봄의 화사한 문을 열고 아름다운 꽃송이로 다시 활짝 피어나게 되기를 빌었을 것이다.

나순자

- 산굼부리 언덕에 서서
- 사람을 찾습니다
- 번개시장에서 콩을 사다

산굼부리 언덕에 서서

안개비가 휘청거리다 내게 닿아 비로소 비가 되고야마는 회색 언덕
　발아래 뭉글뭉글 끓고 있는 雲霧 속의 붉가시나무, 서나무, 야생노루,
오소리…
　이름도 낯선 양치류, 포유류의 숨결이 뜨거운 산굼부리

　오늘은 비바람뿐인 언덕에 고개 숙인 억새가
　온통 초록으로 출렁거린다
　덩치 큰 산굼부리가 초록 물결로 휘청거리고 있다
　황금빛 억새만 기억되는 나에게
　여린 초록 억새밭의 亂舞가 주는 두근거림

　가을 황금빛에게 모든 영광을 내어주고
　선선히 웃으며 고개 숙인 모습
　열여섯 나이에 억새밭 언덕배기에 서서 배시시 웃던
　흑백사진 속의 어린 엄마 모습이 떠오른다

　지난 가을, 저렇게 자란 억새풀 속에 서서 사진을 찍었다
　엄마를 밟고서야 나는 눈부신 가을이 되었다

사람을 찾습니다

구직, 사무직, 관리직…

지하철 손잡이 눈높이에 맞추어
줄줄이 붙어 있는 네모난 광고 스티커가 사람을 찾고 있다
굉음을 내며 달리는 전동차의 속도만큼이나 빠른 삶이
사람들 사이를 누비며 긴급히 누군가를 찾고 있다

끈기라고는 없는 푸석푸석한 이름들이 풀 풀 떠다니고
아무도 읽지 않은 것 같은데 누구나 읽고 뱉어버린 말들이
서로 부딪치고 깨지며 저들끼리 먼지를 키우고 있다

문득, 알약 삼키듯 쉽게 삼켜버린 이름들을 꺼내어
알사탕처럼 녹인다
지하철 마지막 칸이 남기고 간 터널의 빈 공간 속에서
사람들이 뱉어버린 이름들이 웅웅거리며 방황하고 있다

시커먼 무관심이 입을 벌린 채 따라온다

무심코 던진 삶의 꼬리가 길다

번개시장에서 콩을 사다

영등포구청역 지하보도에 휴일을 틈 타 번개시장이 열렸다
비닐판 위에서 만이천 원짜리 신사화, 오천 원짜리 핸드백, 천원에 세
켤레인 스타킹…
너무도 친숙한 물건들을 눈으로 쭉 훑어가다
옆 기둥에 기대앉은 완두콩장수 아주머니한테 눈길이 멈추었다
비닐에 담긴 천 원짜리 완두콩 봉지가
그녀에게 매달린 식구처럼 올망졸망 앉아 있었다
완두콩을 만지는 여인의 손길에 끌려
아주머니 옆으로 다가가 완두콩 한 봉지를 샀다
봉지 안에서 반들반들 빛나는 완두콩
어느새 봉지를 비집고 나온 완두콩이 또르르 굴러간다
여인의 꿈이 작은 완두콩이 되어 뿔뿔이 흩어지고 있다
얼른 엎드려 함께 콩을 줍는다
내가 산 것은 천 원짜리 완두콩이 아니라
작아져 완두콩 만해진 그녀의 꿈 알맹이였다

오늘 저녁 하얀 밥 위에서 모락모락 맛있게 피어나는
그 여자의 모습을 본다

박재화

- 그것두 모르냐?
- 우리는 하나라고?
- 그 공원에 갔네

〈산문〉
- 나의 글쓰기 버릇

그것두 모르냐?

—休戰線 2

하, 벌써 스무 몇 해 지났구먼
운 좋게 유럽 구경 좀 한 것이
헌디, 런던 가까이
파이프 담배로 폼 잡던 처칠 이름을 딴
처칠 코트가 있었어
게서 한철 팔자에 없는 연수받느라
꼬부랑말을 멋대로 씨부렁거렸는디
나보담도 지네들이 더 답답해하데
하루는 뭘 또 발표하라 해서
위대한 대—한—민—국을 소개했는디
아, 이것들이 까마귀 고길 잡쉈는지
다른 거는 잊어버리고 엉뚱한 데 관심 있는 겨
엉덩이 큰 나이지리아년이 질문이랍시고
왜 그리 교통사고 사망자가 많으냔 거여
가봉인지 봉고인지에 푸에르토리코까지
첨 보는 애들 땜에 골치 아파 죽겠던디
별 게 다 초치더라니께
어쨌거나 이름도 별꼴인
트리니다드토바고에서 온 구렛나루 녀석이
대신 대답하데
것두 모르냐고, 코리아는 아직도 전쟁 중 아니냐고?
하, 이것 봐라
이놈이 무슨 귀신 씨나락 까는 소릴 지껄이는거?

학생들은 알았다며 고갤 끄덕이지
내가 참 미치고 환장하겠데
야, 이 싸가지 없는 것들아, 우리가 왜 전쟁 중이냐?
씩씩대며 하숙방에 누워 잠 못 들고 있는디
천장에 단군 할배 비슷한 양반이 어른거리데
종전협정이나 평화협정 못 맺고
잠시 쉬고 있으니 맞는 말 아니냐?
깜짝 놀라 일어났으나 이 어른 그새 안 보이는겨
영국까지 따라온 철조망만 보이는겨

우리는 하나라고?
―休戰線 1

싸우자거나
싸우지 말자는 것들은
가끔 보았는디
싸움을 쉰다는 건 뭔 소리여?

시비를 가리면
시비가 그칠 줄 알았는디
是非를 말하니
是非가 끊이지 않는 건
또 뭔 일이여?

우리는 하나라고
하나가 되자고
다들 그리도 바라고 외치는디
어째서 잠시 쉬었다가
또 싸우겠다고 난리인겨?

잘난 것들은 제멋대로 해도 되는겨?
거기는 다수결도 없는겨?

그 공원에 갔네

그대 보내고 잊은
시간들 꿈속처럼 흘러
아득한 노래 한 소절 더불어 흐를 때
홀로 그 공원에 갔네
차마 찾을 수 없었던 작은 공원
햇살도 애닯게 비탈을 내려가면
그대 떨리던 눈빛
온몸으로 보듬고 있는 벤치 보이고
그 벤치에 낯선 한 쌍
오래 비둘기와 눈 맞추고 있네
멀리서 그 자리 비길 기다리며
마음은 저문 강물 따라 흔들리네
아직도 정물이 된 연인을 위해
자귀나무는 꽃잎을 오무리고
별들은 서둘러 길을 떠나네
희미한 바람 한 줄기 속
축복처럼 분수가
갑자기 솟더니 멎네
그대가 남기고 간 그 벤치 너머.

나의 글쓰기 버릇

어느 인기 작가는 머리를 길게 기르고 목욕도 하지 않으며, 골방에 틀어박혀 밖에서 문을 잠그라 하곤 글을 쓰는 독특한 습관을 지닌 모양이다. 많은 예술가들이 창작행위와 관련하여 이런저런 버릇을 갖고 있는 게 사실인 듯하지만, 정작 나는 얼른 내세울 만한 버릇이 없다.

그래도 굳이 말하라면, 집 밖에서는 글이 잘 써지지 않는 점을 들 수 있겠다. 일부러 혼자 여행을 떠났을 때, 허름한 여관에서 떠오른 생각이나 느낌을 메모한 적이 없는 건 아니지만, 본격적으로 작품을 완성한 경험은 없다. 꼭 집에서만 글을 쓰곤 했기 때문에, 호텔이나 커피숍 같은 곳에서 글을 쓰고 왔다는 분들의 말을 들으면 퍽 낯설게 느껴지는 것이다.

이와 관련되겠지만, 따라서 낮에 글을 완성해 본 기억도 별로 없다. 아무래도 깊은 밤, 혼자 충만한 고요와 내밀한 정적에 잠겼을 때 글이 써지곤 했던 것. 그래 그런지, 잔잔한 음악을 들으며 글을 쓰는 버릇도 없다. 오히려 그 반대인 것이다. 아무 소리도 안 들려야 글이 써지곤 하니 말이다.

그러고 보니, 글쓰기 전엔 꼭 손을 깨끗이 씻는 버릇이 있긴 있다. 손이 더러워서가 아니라, 으레껏 손을 씻고 나서야 집필에 들었던 것이 습관으로 굳어진 것이다. 뿐만 아니라, 손에 땀이 난 것도 아닌데 글 쓰는 중간에도 가끔 다시 손을 씻고 와서 계속 집필하는 경우도 적지 않다.

또한, 글 쓰는 도중 여러 낱말이나 표현의 적합성 여부를 점검하기 위하여 자주 사전을 찾아보는 것도 버릇이라면 버릇이라 하겠다. 어느 정도냐 하면, '사람' '인생' '바람' 같은 낱말을 동원할 때에도 사전을 찾아봤으니까, 어찌 보면 참 바보 같은 짓인지도 모르겠다.

그러나 올바른 글쓰기를 위해서는 웬만하면 사전을 확인하는 것이 필수적이라고 생각한다. 그것도 한 가지 사전만 확인하는 게 아니라, 때로는 두어 가지 다른 사전과 대조하거나 〈반대말사전〉 〈속담사전〉 〈부사어사전〉 〈우리말 역순사전〉 등 전문 사전들의 확인을 거치면 아주 도움이 되는 것이었다.

어떤 이들은 문학 작품에서는 문법을 따지지 말라는 주장을 하는 듯하지만, 이는 좀 반성할 태도인 것 같다. 읽는이에게 새로움과 느꺼움을 안겨주는 초문법(超文法)이라면 몰라도, 혼동과 지장을 일으키는 비문법(非文法)의 글쓰기는 지양되어야 할 것으로 믿기 때문이다.

아울러, 시를 퇴고하는 과정에서 몇 번이곤 읊조리며 운율에 신경을 쓰는 버릇도 있다. 때로는 속으로, 때로는 소리 내어 읊다 보면 저절로 운율이 가다듬어지기 마련이었다.

또한, 아날로그(?) 세대에 속해서인진 몰라도 일단 이면지에 연필이나 플러스펜으로 퇴고 과정을 거친다는 것도 버릇이라면 버릇이라 하겠다. 많은 글을 쓰는 전업작가도 아닌 주제에 처음부터 컴퓨터 자판을 두드리는 게 스스로 영 어색하게만 느껴지는 것이다.

어쨌든, 내게 남달리 기발한 글쓰기 버릇이 없는 건 뚜렷한 셈인데, 이것이 독자들의 가슴을 후벼 파고드는 명문을 못 내놓는 한 요인으로 작용하는 게 아닌가 슬며시 걱정되기도 한다.

박정원

- 물비늘을 읽다
- 새에게 밟히다
- 뼈 없는 뼈

〈산문〉
- 그리운 매미

물비늘을 읽다

누군가 왔다간다
바람이다
슬쩍 건드려 보기도 하고 세게 치고 달아나기도 한다
숨이 잦아들자 강물은
하늘 자리엔 하늘을 구름 자리엔 구름을 산 자리엔 산을
어김없이 품는다
다시 바람이 꽃잎으로 조로록 내려앉자
거꾸로 앉힌 그들 자리에서는
안팎으로 드나들던 독수리 날갯짓이, 새끼염소 울음이, 푸른 멍을 입
히던 물푸레나무 이파리가
갈기갈기 찢어진 깃발로 팔랑인다
신발 두 짝만 보듬은 사내의 젖은 눈이 아롱자롱 강물 위를 걷는데
수면을 박차고 치솟는 물고기 한 마리
덥석 그 눈빛을 물고 따라간다
갔던 바람도 돌아와 촤르르 빗질을 한다
강을 건넌 사내는
물속에서 허우적거리는 빗살문자를 해독한다
하늘이, 구름이, 산이
흐트러짐 없이 그 광경을 베끼고 있다
수심(愁心)이 깊은 자리마다 빛을 낸다
저리 빛나는 줄도 모르고 강물은 가끔 빗살로 흐느낀다
굴절의 그늘이 더욱 눈부시다

새에게 밟히다

새들도 흔적을 남긴다
꽃이 피면 꽃길을 내고
꽃이 지면 그 길을 물고 앉는다
길은 길이나 갈 수 없는 길,
지상으로 끌어내린 새들의 길을
징검다리 건너듯
포롱포롱 따라가다가
밥그릇을 들고 위로만 치닫던 길
바람에게 차인 길을 트고
밤마다 뭇별 무릎에 뉘었던
수많은 내 발자국들, 단청을 입힐 때마다
새 한 마리 날아왔다 날아가고
몇 날 며칠 뒤쫓다가
내 발자국보다 몇 십 배나 작은 새 발자국을 보고
비로소 되돌아보던 길,
사라진 길들은 저마다 깊은 모퉁이에서 숨을 쉰다
또 다른 새가 나를 밟고 지나가는 줄도 모르고
새 발자국 하나 지우고 내 발자국 하나 지우는데
길 하나를 물고 내려오다 다시 하늘로 치닫는 새
한사코 매달리는 나를
희부연 공중에다 사정없이 흩뿌린다

뼈 없는 뼈

내 몸속엔 뼈가 없지, 있다면
분해된 ㅂ 이나 ㅃ, 그걸 받히고 있는 작대기
아니면 유지 내지 보수하느라 애쓰는 ㅓ 또는 ㅕ
강한 것이 아니라 아주 씁쓰름한 소프트아이스크림
단박에 부러지는 감나무 가지가 아니라
송곳처럼 쭉쭉 잘도 뻗어가는 수대나무
그것들을 조각조각 꿰매어 조각보로 만들면
쓸모가 참 많지 손수건부터 멋진 머플러까지
후하고 불면 보이지 않던 바람도 보인다니까
신났어, 뼈 없는 찻잔이라나 유리컵이라나
가만히 주워모아 탁자에 놓으면
끼리끼리 뭔 말들이 그리 많은지
왔던 바람도 잽싸게 창밖으로 물러나곤 하지
뒤집어 봐 물이 쏟아지잖아
뼈와 뼈를 이어주는 것도 물렁뼈잖아
물이었군, 내 몸에서 요동치는 것도
뼈가 아니라 뼛속 깊이 채워졌던 눈물이었군
물이나 먹어 라고 말하지 말았어야 했군
무심코 내뱉는 말이 곧 뼈였군

그리운 매미

뜨겁던 여름 내내 울어쌓던 매미는 다 어디로 갔을까. 아침저녁으로 선선한 기운이 느껴지는가 싶더니 매미 소리가 한순간에 뚝, 그쳤다.

그들을 찾아보려고 집에서 가까운 야산으로 올라가 본다. 가을이 왔다고 성급히 알리고 싶었던 이파리들과 밤송이만 밟힐 뿐, 매미들의 사체는 하나도 보이지 않는다. 들짐승이나 새들이 그들의 주검마저 다 먹어 치운 것일까. 곤충의 일이라고 치부하기엔 너무나 기막힌 운명이다. 나름대로 열심히 살다 승천한 그들을 조문하며 느슨해진 생활의 끈을 팽팽하게 당겨 본다.

2009년 7월, 30여 년 만에 목격할 수 있는 부분일식이 있었다. 달이 태양을 거의 다 가리게 되는 순간, 예상했던 대로 기온이 하강한다. 햇빛을 잠깐 가리는데도 기온이 3~4도 정도 떨어지면서 사위가 어둑어둑해진다. 부분일식이기 때문에 태양 전체를 가리는 것은 아니었지만 '태양이 없어지면 어떻게 되나?' 하는, 태양에 대한 경외심을 주기엔 충분했다. 어느 날 갑자기 태양이 사라지면서 우리 은하계 전체가 빙하기를 맞을지도 모를 일, 순식간에 아옹다옹 싸우며 살던 지구상의 모든 생명체들이 멸종될지도 모를 두려움!

잘 아시다시피 매미는 땅속에서 수년간 애벌레로 지내다가 세상 밖으로 나온다. 지상에서의 그 짧은 시간 동안 그들도 사람들처럼 생로병사의 과정을 거칠 것이다. 그 한 줄 삶의 끈을 가만히 들여다보면, 과연 우리네 삶과 무엇이 다르단 말인가. 정말로 이 우주를 생성한 조물주가 계시다면 100년도 채 되지 않는 인간의 삶을 매미가 머물다 간 열흘 정도의 삶과 별반 다르지 않다고 생각하실 것이다.

우리가 매미의 일생을 빤히 들여다보듯 조물주도 우리를 빤히 내려다보지 않겠는가. 우주공간 한쪽 귀퉁이를 차지하고 물방울처럼 떠 있는 지구를 후―, 하고 불어버릴지도 모를 일, 때늦은 감은 있으나 '에너지 · 환경관련 기술과 산업 등에서 미래 유망품목과 신기술을 개발하고, 기존 산업과 융합하면서 새로운 성장 동력과 일자리를 얻는 것' 으로 요약할 수 있는 '저탄소 녹색성장' 의 의미를 되새겨 볼만한 가치가 충분히 있다. 며칠 전 반기문 유엔 사무총장이 북극을 방문해 지구 온난화의 심각성을 확인하고, 전 세계에 경각심을 일깨우고 있는 것도 같은 맥락이라 하겠다.

잊혀진 매미는 내년 여름에도 슬며시 우리 곁을 찾아올 것이다. 소음공해를 자청하면서까지 외쳐대던 그들의 메시지는 과연 무엇인가. 한순간에 사라진 그들을 그리워하며 문득 숙연해지는 가을 초입이다.

박정이

춤, 그리고 시

춤을 추다가 보면
춤이 흐르는 것을 느낀다
몸에서 춤이 나오는데
어느새
몸은 저만치 떼어두고
춤사위와 춤사위가 저희들끼리
생각은 저만치 떼어두고
생각이 만들면
구음과 구음끼리 흐른다
춤을 추다가 보면
흐르는 것들은 흐르는 마디에 가서
시 한 구씩 적어놓고

다시 흐른다
몇 번을 돌다가 휘돌다가
다시 접어 나가다 보면
한 편의 시,
조지훈이 읊은 승무에 이르러 하구가 된다
강물과 떨어져서 바다로 가는 길목,
갈대 무성한 하구가 된다
하구의 그 질펀한 노을이 된다.

도갑사 통신

우리가 갈 수 있는 곳이 어디인가
월출산
도갑사 법당에는 아직 성불하지 않은 사람들
오체투지로 불 켜고 흐르는 불심에 떠서 가랑잎
가랑잎이 되어
서쪽 정토로 가고자 하는 원력만 소리 없는 물레로
잣고 있다네
이곳에 재 넘어오는 바람은 가랑잎 닿는 대로
잎사귀 등에 제 소리를 복사해 넣고 있지만
잎은 애초에 바스락거리는 소리로 등 굽히며 있고
염불이라는 문자도 귀에 닳아 획이 삐쳐 달아나면서
읽어내기 어렵다네
그대 산행이라면 도갑사로 들지 말아야 하리
골짜기와 능선을 지나 단풍에 물들이며
천지가 그리움인 듯이
야호, 천지가 처음인 듯이 짚어 본 자리
들녘이나 이쪽 산 폭포에 그림자 지는 것
혹시나 무념인 듯이
선인들이 지나갔다는 길이
해발로 아득하다는 듯이
그대 그런 산행이라면 도갑사로 들지 말아야 하리
법당은 오래 오래전에 슬픔이나 무상 같은 생각들이
기왓장 하나씩 얹어놓고

비바람에 스치는 인연이란 이름들이 세월의 빛깔
채색해 놓으면서 집이 되었다네
아, 집에 무엇이 있겠는가
사람들은 여태 백여덟 번으로 가는 소리 없는 물레,
재는 그 너머 또 다른 겹겹의 재를 넘어
제 온 길로 돌아가자면
한 밤 지나고 동트는 새벽
범종 소리에 발 얹고 갈 일이 까마득하다네
그 앞의 무릎이 나무며 길이며
바위라는 것만으로 아름답지만
우리가 갈 수 있는 곳이 어디인가
들고 싶은 데가 집이라면
그대 도갑사로 들지 말아야 하리
도량 오르는 벼랑 그 아래 산 숲의 새소리 귀 열고
차마 들지 말아야 하리

한강은 흐르지만

한강은 늘 흐르지만
한강은 그 자리 그 시간을 변함없이 지키고
산다
우리 어머니는 올 가을 한 살 더 자시지만
세월이 머리카락을 흔들며 지지며 지나가지만
어머니는 그 자리 그 시간을 변함없이 지키고
산다
아버지도 그러하고 그 전의 아버지 또 그전의
아버지도 그 이름으로 산다
우리가 세월에 따라 그 이름 흔들거나
그 이름 나누거나 그 이름 지울 수 없는 것처럼
나의 이 순정도
국화와 같은 나의 이 고절(孤節)도
그 자리 그 시간을 변함없이 지킬 수는 없는가
그 자리 그 시간을 어우러져 흐르며
흰 바위 햇살로 단단해지듯 단단해질 수는 없는가
밤이 오면 이슬 내리고
어둠이 길을 덮고 별이 이리저리 번다히
떠다닐 것이다
그럼에도 밤은 한결로 흐르고
이슬은 한결로 물방울 방울로 제 얼굴 굴리며 있을 것이다
얼굴이 얼굴을 보며 제 얼굴 카랑히 닦고 있을 것이다

나의 애장품

정제되지 않는 우물물 같은 나의 소중한 것들.

시간은 때로 내게 젖은 숲을 만든다. 누구나에게 그렇겠지만 내 인생에서도 차마 버릴 수 없는 가장 소중한 몇 가지가 있다. 아니, 그것들을 잊고 산다면 내 인생은 너무 무의미할 것 같다.

내 삶의 터전은 서울 한복판이다. 하루종일 번잡한 도심을 벗어나지 못하지만 마음만은 지금 살고 있는 오피스텔에서 바라본 선릉공원을 묵묵히 지켜온 나무처럼 고요히 살고 싶다. 마음에 오래도록 홀로 간직한 추억을 지키는 나무 한 그루로 남고 싶은 것이다.

욕심이 너무 많은 탓일까? 일상에서 늘 마음을 비우고 살고 싶지만 그렇지 못한 것 같다. 나의 애장품만 봐도 알 수 있다. 얼마나 어렸는지 정확히 알 수는 없지만, 늘 철없는 소녀처럼 감성에만 빠져 있을 때였다.

30년 전 어떤 문제 때문에 나는 교수님과 학교 뒤에 있는 나무밑에서 대화를 나눈 적이 있었다. 그때 상수리 열매를 주워 각각 한 개씩을 나눠 가졌었다.

언젠가 이 문제를 다시 논하자고 하면서 그때 이 열매 두 개를 맞춰 보자는 약속을 했다. 그때가 10월 16일이었다. 매년 몇 년 동안 그날은 항상 보잘것없는 상수리 열매의 안부를 혼자 묻곤 했었다. 이상하게도 그 열매는 변하지 않고 말라만 있었다.

혹시나 해서 오랜만에 교수님께 확인차 전화를 드렸을 때 교수님께서는 대학 연구실 책상 서랍에 그대로 보관하고 계시다고 하셨다. 사실 나는 3년 전에 집을 팔고 소중하게 간직하고 있었던 그것을 잃어버리고 말았는데 말이다. 기대는 하지 않았지만 통화 후 잠시 멍해 있었다.

―교수님, 안녕하세요? 저 강남 역삼동에 사는 박정이입니다.

―오랜만이에요. 응, 웬일이야?

―네, 교수님. 지금 수필을 쓰다 생각이 나서 전화 드렸습니다.

―혹시, 교수님, 상수리 열매는 언제까지 가지고 계셨나요?

―언제까지라니? 이녀석아 지금도 내 연구실에 그대로 있어 정말 신기 하단말이야. 내일 다시 한 번 봐야 되겠는데 방학이지만 내일 학교에 가 볼게.

―정이 너는?

―교수님 저는 3년 전에 잃어버렸어요. 죄송해요.

―이녀석! 다음에 만나면 혼내줄 거야.

교수님께서 삼십 년이 지나도록 보관하고 계셨다는 게 너무 감동이었다. 수십 년 전에 어린 제자와 약속을 지키고 계셨다는 게 얼마나 크나큰 일인가. 정말 감동, 감동이었다. 남들에게는 하찮은 상수리 열매에 불과하지만 나에게는 최고의 애장품이 된 것이다.

항상 감정이 풍부하셨던 멋진 교수님. 성악을 전공하지 않으셨는데도 가곡을 잘 부르셨는데 나에게 거의 개인 레슨하듯이 가르쳐 주셨었다.

철이 들고 생각하니 얼마나 참스승님이신지 지금은 알 수 있을 것 같다.

언제나, 하루 대부분을 내가 경영하는 아바 까페에서 시간을 보낸다. 그것도 까페 한쪽에 내 룸을 만들어 손님도 만나고 글을 쓴다.

작고 예쁜 내 공간에는 유화로 된 인물화 두 점과 묵화 한 점이 걸려 있다. 반 누드 작품이기 때문에 많이 망설인 끝에 걸어놨다. 이것들도 내가 아끼는 것들이다.

어느새 수십 년이 흘러갔다. 훌륭한 화가 선생님의 작품세계가 나를 통해 창작됐다는 게 좋다. 이 작품이 몇십 년 몇백 년 흘러도 남아 있지 않을까? 나와 함께…….

내 쉼터, 그러면서 내 생활터인 아바 까페. 오늘도 내 추억은 벤자민 나무와 비례해서 자라고 있고. 테라스엔 푸른 몇 그루의 나무들이 아름답게 자라고 있다. 그 속에 작고 연약한 벤자민 한 그루가 살고 있다. 내 생명과 같은 나무 한 그루…….

긴 시간을 병원에서 보내고 일 년 칠 개월 만에 퇴원해서 집에 오니 먼저 그렇게 아끼던 벤자민이 시들시들 죽어가고 있었다. 꼭 시한부 판정을 받고 오는 그런 심정이었던 그때…… 난 벤자민 나무를 살려야 나도 살 수 있다는 생각으로 정성껏 키웠다.

그리고 나무와 나, 죽어가는 삶 속에서 끝내 희망을 피워냈던 것이다. 난 매일 아침 그걸 보며 지금도 힘든 치료 중이다. 예쁘게 자라준 나무를 보며 그 나무처럼 나는 마음을 비우는 연습을 하며 살고 있다. 자연인으로.

벤자민 나무, 그 존재는 나에게 또 하나의 애장품인 셈이다. 어느 추운 십일월의 마지막 날. 설악산 높은 봉우리에서 내 작은 손가락에 하얀 반지가 끼워졌다. 축하객은 아무도 없었고 설악산 모든 것이 내 생애 최고의 손님이었다. 파스텔 같은 구름들이 화려하게 나를 축하해 주며, 색색이 색동옷으로 곱게 한복을 만들어 입혀주었다.

비록 화려한 반지는 아니지만, 이 세상에 가장 고귀한 보물이다. 평생 살아 있는 동안 이것과 함께할 것 같다.

오늘도 내 쨍알이 신발은 화장대에서 앙징스레 웃고 있다. 별빛이 없어져 가는 것을 보니 새벽이 머지않다는 것을 알겠다. 또 다른 오늘이 밝아오고 있다. 오늘도 쨍알이 신발은 내게 웃음과 행복을 줄 것이다.

하얀 천사 쨍알이는 이 세상에 없지만 눈웃음으로 만든 쨍알이의 작고 귀여운 꽃신을 신고 나에게로 온 것이다. 고요가 숨쉬는 적막한 나만의 공간에서 오늘도 홀로 지새지만 눈물강은 되지 않으련다.

시간이 뚝뚝 흘러간다. 뜨거운 가슴 정말 못견디게 뜨거운 가슴이 되어 생명을 보존하듯 나의 귀한 애장품을 오늘도 소중하게 여기리라. 내 머리카락에 서리가 내리고 고독한 그물에 걸릴지라도 내 애장품들은 허공에서 헤매는 진한 정제된 여유로움과 향기를 내게 선사한다. 또한 애장품은 내게 그리움의 물결을 출렁이게 한다.